箱船へいらっしゃい

葛西雄一郎
KASAI YUICHIRO

幻冬舎MC

箱船へいらっしゃい

目次

いつかテレビを消す日までに

箱船は夕刻となり、禍々しいサイレンの響きがひととき轟いた。終業の合図である。帰宅の時刻となり、正装の市民や作業着の労働者は、時には疲れ切った相貌を見回しては安心し、あるいはより疲れ切った出で立ちで帰路へ就いた。

生け捕りにされた野生動物は自然環境の存在しない場所に解放されても、死を待つのみである。そして憎悪感情には段階があり、相手は自分ではないという自我が相手への不満を生み、相手への不満が相手との齟齬《そご》となり、その齟齬がこじれて憎悪感情となる。だから憎悪感情を否定した社会が行き着くところは自我の否定となり、人間性を喪ってしまう。その上で野生動物にもなれないわけであるから、箱船はたいへんな楽園であった。

作業の最中、歯車のようにすり切れてしまったスズキ青年は、寝台に横たわって打ち倒された死体となるべく、自宅への帰路へ赴いた。通りがかりの酒保が珍しく開店していて、缶詰をいくつか買いこむと余裕のある心理が生まれた。

自宅のある一角にたどり着くと、友人派遣所から派遣された友人が待機していた。挨拶をし名刺を渡されたが、どうせ偽名だ。しかし送り返すわけにもいかず、狭いアパートメントで缶詰を開けることになった。室内へ入るとテレビが自動的についた。

「この缶詰は水道水でいけるね」

「なんの肉だろう？」

「グルテン・ミートかなんかじゃないの」

「食肉制限がおおっぴらに進められている時代に、背徳的だね」

友人が缶詰を取り上げ、蓋を確認すると「あっ、これドッグ・フードだ」。

するとスズキ青年の精神に緊張感が生まれ、緊張感は義務感を突き上げ、義務感は場を盛り上げなければならない意識へと変化し、陶酔した気分を装って、「これはずいぶんと珍味ですね」と即答した。

テレビはなにかの話題を丁寧に伝えようとしていた。くだらないプロパガンダなのである。友人は気分が悪くなったのか、「このテレビ、音を小さくできる?」と尋ねた。

スズキ青年はリモコンを持ち出したが、音量の操作ができなかった。どれ、と友人がリモコンを借りると、友人もわからない。

「音って小さくできるの?」

「ミュージック・プレイヤーができるのだから、テレビもできるんじゃない?」

しかしリモコンをいくらいじっても、音量は下げられなかった。箱船の住人を孤独にしてはいけないという配慮によって意図的に創られた友人と会い、旨いものを食べているというのに、白けた気分が了解された。友人はそわそわとし始めた。

「それじゃあ、テレビ切ろう」

スズキ青年はテレビの電源を消そうとしたが、電源ボタンを押下するにも、その電源ボタンが見当たらなかった。

「ミュージック・プレイヤーができるのだから、テレビも消灯できるよね?」

「寝る時間になると自動的に消える機能がついているから、もしかするとテレビには電源ボタンはないのかも知れない」

　友人には学がある。市民かも知れない。

「テレビは箱船の支給品だから、役所に連絡してみよう」

　電話をすると受付に回された。

「こちら市役所の24時間受付です。お困りの市民の方々にはサービス・マンを派遣いたしますが、いかがなされましたか？」

「実はわたしは労働者でありまして、サービスを受けるほどの身分ではないのですが、実は困ったことにテレビが消灯できないのですが……」

「市民が就寝して脳波が穏やかになるとセンサーが察知し、テレビは自動で消灯します」

「友人が遊びに来ていて、静かに食事をしたいのですが……」

「テレビを一緒に見て、楽しんでみてはいかがですか？」

「それは試したのですが、グロテスクな政治的主張が受け付けられなくて……」

「テレビ・プログラムの内容は多岐にわたり、市民の好奇心をうまくくすぐるようにできていますから、チャンネルを変えてみてはいかがですか？」

「ミュージック・プレイヤーは自分の意思で消灯できるのですから、テレビにもそのような機能はないのですか？」

受付は上司となにか相談でもしているような気配がした。すると受付は深刻そうに、

「人は死ぬと天国か地獄へゆきますが、悪人が多すぎたために地獄はあふれ、死者がよみがえってゾンビとなり、旧人類社会は崩壊し、そのために箱船となって新たな出で立ちとなりました。しかし、お客様の今回のようなご意見は初めてです。想定内容が把握できませんので、こちらからは返答をいたしかねます。テレビは製作所で作られましたから、そちらへご連絡いただけませんか？」と答えた。

電話番号を示すと、受付は電話を冷たく切った。告げられた内容が内容だったので、スズキ青年は青ざめた顔をした。友人は心配そうにしていた。

「電源ボタンはいったいどこ？」

「製作所に連絡してくれって」

「エリートの仕事の邪魔をしたらまずいんじゃない？」

青ざめたスズキ青年は今度は動悸がしてきた。

「でも、テレビは見ていられないし……」

　強い危機感がスズキ青年を打ち砕き、その亀裂から強い焦燥感が吹き出し、死んだような気持ちになった。それでも一生に一度の大仕事をする気になって、スズキ青年は製作所へ電話した。

「こちら製作所の24時間受付です。市民のみなさんの安全のために、この会話は録音され、場合によっては治安部隊へ連絡されます」

「箱船に配給されたテレビの音が気になるので、音量を小さくするか電源を消したいのですが……」

「クレームですか？　それでは法務部へつなぎます」

「いや、電源があるのかないのか、それをお尋ねしたいだけなのですが……」

　製作所の受付は短い間逡巡しているようだった。

「お客様はうちの商品の品質に問題がおありだとされていますが、それでは我が社の名誉に関わります。製作所は小さいものは鉛筆から大きいものは工場の煙突まで作りますが、もっともチカラをいれた商品がこのテレビです。お客様のお言葉は、私たちの自信作を誹謗《ひぼう》するも同然です。いったいなにが気に入らないのですか？」

「それでは率直に言いますが、テレビに出てくる俳優が能書きをたれるとなぜ女優は勝ち誇ったような哄笑《こうしょう》をするのですか？　時間をかけて見ていると、実に時間の無駄であり、これでは休息になりません」

製作所の受付は二の句が継げず、屈辱に打ち震える気配が電話から伝わった。それでも絞り出すような気迫で、「お客さま、今回は私たちに瑕疵《かし》がございました。陳謝をいたします。しかし製作所はテレビの製造を承っている事業所ですので、放送内容に関してはテレビ局へご連絡ください」と言った。

いよいよ面倒なことになってきた。友人は生きた心地がしないような有様だった。しかし告げられた電話番号に連絡をした。

「こちらは放送道徳委員会です。市民のみなさんは幸福ですか？　そうでないならテレビ放送の示す内容のとおりに生きますと、うまくゆくかも知れませんよ」

「テレビの音量を下げるか電源を消すかすれば、箱船は他に文句のいいようのない楽園です。簡潔に、テレビの消灯の仕方をお教えください」

「テレビは消すようにはできていません」

「テレビを見て、おもしろくない話題にはうんざりですし、相づちを打って艶笑するのも演技じみていて、鑑賞に堪えません。彼らは本当のことを隠し、まるで楽しい社会に生きているかのような錯覚を私たちに与え、その実とても抑圧的です。電気製品は電力によって性能が生まれるわけですから、電源を切る機能を付けることは合理的ではないのですか?」

「お客様の斬新な意見は治安部隊に伝えますが、放送というのはこの近代社会が生み出した歴史上類を見ない伝達媒体です。元は議会の監視という名目でしたが、構築した意見を大衆社会に放ち、公民化を謀る機能が暴走し、いまでは箱船を支配する新たな権力です。私たちの意見に背くことは許されません」

ああ、スズキ青年は告発によって権力のターゲットとなってしまった。テレビの放送内容が急に変わり、スズキ青年を攻撃し始めた。ニュース番組でスズキ青年は被害者にも加害者にもなった。悪魔的犯罪者であり矮小な変人であり、相手にするには危険であり、重要に扱う必要はない小物として表現された。スズキ青年の素性は調べられ、その行状をあげつらわれた。放送道徳委員会との通話はいつの間にか切られており、発信音だけが鳴り響いた。友人は「万事休すだね。君のような勇敢な若者がいたっていうことを、僕は生涯忘れない」と、可哀想な生き物を見るような目つきで言った。

スズキ青年はすでに、泣き出したい気分を通り越して抑鬱《よくうつ》症状となった。頭を抱え、次に耳を塞いだ。

「僕は、静かな環境で食事を楽しみ、友人と語らいたいだけなんだ……」

テレビはいよいよスズキ青年に対して抑圧的な話題をアパートメントに運び、アナウンサーは脅迫的なニュースを流し、タレントはこぢんまりとしたネタで嘲笑をした。

「もう僕は生きてゆけない……」

絶望したスズキ青年は力尽きてうっぷした。生命力はもはや底をつき、最後の断末魔の替わりに手近なものをつかんでは引き寄せた。つかんだものはテレビのコンセントだった。コンセントを無意識のうちに引き抜くと、テレビはぶすっという音を立てて消灯した。

「ああ、テレビが消えたよ！」

信じられない、という顔をして友人は叫んだ。電源を落とされたテレビは、夕暮れの静かな夜の訪れに、墓石のようなたたずまいを見せた。すると友人は、あっ、という声を上げた。

「今夜見たい番組があったんだ……」

スズキ青年はカッとなり、「君のような奴は友人ではない！　もう帰ってくれ！」と怒鳴りつけた。

　友人は傷を付けられたような趣で、力を落として帰って行った。

　ひとりぼっちになったスズキ青年は、言い過ぎた言葉を反省した。しかしもう友人は戻らない。なにか途方もない過ちをしたかのような、心の中のなにかが欠けた気分に陥った。しかし残った缶詰を平らげ、水道水を飲み干した。あとはもう寝るだけだった。大衆社会に方向性と活力を与える放送は去り、仲間も喪失した。スズキ青年はいよいよ孤独な気分になり、寝台にうつぶせになった。布団をかぶって静かにしていると、疲れからかいつの間にか眠りについた。

　あえかな夢の中では、もうすでに遠くに去った人々の生活する真ん中で、笑ったり悩んだりする光景に出会った。もうすでに去って久しい人々の生活に寄り添い、夢の中でスズキ青年は自由で生き生きとした人生を送った。

我、水の底より

友人には月一で遠出をするノルマがあるというので遊水池へ散策へ出かけた。

水源地の湿り気が鼻腔をくすぐり、よく茂った緑の草いきれが新鮮であった。水は透き通って神秘さをたたえ、ときおり息づく自立した生命の活動に心を動かされた。

湿原を貫く遊歩道を果てしなくゆくと、なぜか機動隊と治安部隊が出動していた。一般客は遠巻きに眺め見守っていた。

友人は隣客に「なにがあったのですか?」と尋ねた。

「自殺者のようだ」

「なぜ自殺なのに治安部隊が?」

隣客は友人の顔をまじまじと観察すると、「なぜって、そりゃ……死者の霊が今生をさまよい、祟りをなすことのないように、さ」と言った。

友人は問答を止め、スズキ青年に「誘ったのは僕だけど、急に気分が悪くなってきた」と消え入るような声で言った。

　スズキ青年はこうした事故や事件に直面するのは初めてだった。治安部隊の隊員が水死体を陸地へ運び上げ、防水シートに包み担架で運ぶさまを眺めて見世物を観ている気分になった。

「証人を残さないつもりなんだ……」

　友人が深刻そうにつぶやいた。


　帰りの列車で友人は、「こんな場所でこんなことを言うのは場違いなんだけど……僕は市民の親の元に生まれて大学へ行ったのだけど、人生がうまくゆかなくてああした人の死に直面すると弱いんだ」と暗い顔をして言った。

　スズキ青年は勇気づけてやらなければならないな、と思った。

「それはやっぱり死者の霊が君の弱気に取り憑いて、君もろとも水底へ引きずり込もうとしているんだ。でもそれは君の気の迷いだから、これから市営プールへ行って一泳ぎし、気分を晴らしてやろうよ」

　君の冗談は強烈だね、と友人は弱々しく笑った。それでも仕事として契約者側の所望を聞き入れなければならないため、スズキ青年と友人は自宅へ戻るととって返して市営プールへ出かけた。

巨大な建築物の市営プールは、室内に入場すると強い薬剤のにおいがした。プールは三メートルもの深さがあり、自由遊泳でみな水浴びをしていた。

スズキ青年はプールに飛び込み、水死体ごっこを始めた。まず初めに水中でじたばたと暴れ、次にできる限り肺の中から空気を絞り出し、酸素欠乏のままどれだけ耐えられるのかを競うのである。やってみるとやりがいが出てくるのが人情で、気の進まなかった友人にやらせてみると、スズキ青年よりも上手なのである。二人の御遊技に周囲の客もおもしろがり始めて、同じようなことを始めた。すると監視員がやって来て、「あなた方の始めた行為はどうやら一般の方にまで広がり、いまではみなぞっこんとなっている具合です。これから上司に掛け合い、水死体大会を開こうと存じ上げますが、ご参加願いますか?」と微笑みかけた。

それからとんとん拍子で会は催され、スズキ青年や友人を筆頭に、参加者も多数だった。主催者側は演台とラウド・スピーカーを用意し、参加者にゼッケンを渡した。観衆は口々に、「死んでしまえ！」「魚のエサになれ！」とはやしたてた。スズキ青年はその観衆を眺め、みな社会人としてはまじめで努力家ばかりなのだが、この時代はストレスが高じ、心の中に強い鬱憤《うっぷん》を抱いているのだな、と思った。

主催者代表がラウド・スピーカーを手に「それでは水死体大会をこれより始めたく思います。この箱船では人の一生はそれぞれの手に任され、運をつかんで社会的上昇を勝ち取る者もいれば地の利を生かして実直に泥をつかむ者もいます。今回は水をつかんで水死体となり、あえなく果てる人生ですが、それもまた一興です。おもしろおかしくこの短い余生を送り、他者の不幸に侮辱を与える一つの機会として会を催したく存じ上げます。開催の辞でありました」と高らかに開会宣言をした。

参加者はみな、並々ならぬ水死体候補だった。その中でも特に、スズキ青年に異様な、ライバル心というより敵意をもった青年がいた。細面でメガネをし、戦うオオカミのような闘争心をこちらに向けていた。

受けて立とう！　スズキ青年はにらみ返した。

会は順調に進んだ。スズキ青年の番になりプールに飛び込んだ。堅実さだけが取り柄だった少年が、社会の無関心という壁に立ちはだかれ、性根のひねくれた大人になってしまい、最後は残念な最期を迎えるという気迫のこもった水死体ぶりだった。

友人の番になりプールに飛び込むと、英知をたたえはするが社会の理解が得られず、それでも必死に生活にしがみつくも、よこしまな思いを抱いた他者のために引きはがされて惨めな死に方をするかのような慚愧《ざんき》に堪えない演技であった。

オオカミ氏の番になり、彼もプールに飛び込んだ。じたばたと見るに堪えない生き意地の張りっぷりが、却って観衆の歓心をつかんだ。みな歓声を上げてオオカミ氏を見守った。演技の途中、オオカミ氏は両手を張って大きく浮かび上がり、「助けて、足がつって泳げない！」と演技をした。観衆はみな大きく受けた。嘲笑を浴びせておもしろがった。オオカミ氏は長いあいだアップアップを続け、やがて水底に沈むと肺から大量の泡を流し、時間をかけてうつぶせになって浮上した。みな水を打ったように静まりかえり、次には大歓声となった。

スズキ青年は、負けた、と思った。

演技が終わってもオオカミ氏は顔を水面から離そうとしなかった。係員が出動すると、「この人、本当に死んでいる！」と叫んだ。演技のために死ぬだなんて、なんて一生懸命な人なんだ、と観衆は感動の渦に巻かれた。主催者の発表では、一位はオオカミ氏、二位はスズキ青年、三位は友人だった。

殉職である。オオカミ氏の死体はパイプいすに座った形でロープに縛られ、観衆の見える場所に飾られた。

二位となったスズキ青年はヒーロー・インタビューを受けた。

「今回、オオカミ氏には後塵を拝しましたが、箱船は一生をかけて富を得る者、生涯に誓って名誉を追う者とさまざまな生き方が許されます。オオカミ氏の名誉は永遠に語られ、その添え物として私の存在が認められますことは、これもまた名誉でありますす。観衆のみなさんに、あんな死に方なんてしたくない、と悪罵されますことは却って皆の心の中に等しい感動をもたらし、この箱船の発展のよすがとなりますことを確信いたします」

みな沈黙して耳をかざし、やがてさわやかな声援を送った。二人は賞状を渡され、一位のための賞品は繰り下げられてスズキ青年の物となった。

賞品はミネラル・ウオーターだった。

会が終了しロッカー室で着替えていると、電気が落ちて真っ暗闇となった。漏電でもしてブレーカーが落ちたのだろう。しかしみな恐怖のために混乱状態となり、二人には理解されない言葉にならない叫びが交わされ、駆け足で逃げ去る者、とつぜん乱闘を始める者があちこちに現れ混乱状態となった。皆、平静を装って日常生活を送っているが、極度の抑圧状態であり、停電の暗闇によって本来的な悪が自覚され、暴力行為によって混乱した状態を突破したのだ。やがて静かになると二人はロッカー室を出た。足下は浸水していた。

暗闇の中、スズキ青年は友人に「ブレーカーが落ちて、排水機能も麻痺したんだね」と声をかけた。

「洪水の上に言葉が通じなくなるなんて、執拗だね」

「あっ、ミネラル・ウオーター忘れちゃった！」

「振り返ったら塩の柱になるよ」

二人は手探りで外への通路を探した。外へは一生出られないと暗闇の中で確信した。

たった一匙の真実

器用な反面、一つの仕事が続かないスズキ青年は、体調を崩してまた離職をした。貧窮の底で嘆きの嗚咽を漏らしつつ、しかしこれで終わってしまってはいまを生きる意味がないと決意を新たにして気持ちを切り替えた。まずは体調を戻し、その次に仕事を探せばいいのである。

お医者は、過労なので消化のいい物を食べるようにしなさいとスズキ青年に言いつけた。高熱が下がり、立って身の回りのことができるようになるとだんだんと意欲がわき、なにかを食べたいと考えるようになった。友人に借金をし、しばらく養生をすることになった。なにもすることのない真っ昼間に、スズキ青年は退屈という言葉の意味を思い知った。働き者の血が騒ぎ、世の中の循環から切り離されるほど苦痛なことはないと思い知った。

心配した友人が「そんなに急ぐことはないよ。長く努めるのが人生なのだから、お医者のいうとおり消化のいい物をゆっくり食べて、偉い人に与えられた休日だと思えばいいのさ」と助言をした。

「消化のいい物ってなんだろう？」

「やっぱり自然の中で育まれた、オーガニックな食品じゃない」

それでは自分で畑を見つけ、自分で種をまいて自分で刈り取った物がいいに違いない。そう合点したスズキ青年は、遊休耕地がないか役所へ電話した。おもしろいもので役所の側もいま借り手がいないか探していたところで、ちょうどいいからといった調子で街外れの農村を紹介された。前向きになったスズキ青年は、急いでその農村へ向かった。農村では富農氏が笑顔で畑に招いてくれた。

「畑はこのとおりあるんだ。農機具もお貸しするし、農作指導もしよう。種苗も肥料も有料だけれど手配するよ」

「今年の作柄はいかがですか？」

「ああ、冬期に霜が降りて心配だったが、春先になって気温も上がり、このとおり順調だよ」

見渡すとさまざまな作物が実も重そうに横たわりあるいは生えそろっていた。

「ただ……」富農氏の穏やかで重厚な面持ちが一瞬陰り、不安な心理が見て取れた。

「実はここだけの話なんだが、最近何者かが畑へ忍び込んで、作物を荒らすんだ。今のところ被害は軽微だから治安部隊へ訴え出はしていないんだが、村の長老も、犯人の見当がつかないんだ……」

「それじゃあ僕がその犯人捜しに力をお貸しします！」

行き当たりばったりであるがスズキ青年は仕事を買って出た。富農氏の示す被害というのは、成長中のつるや若芽を誰かがつまんで食べてしまう、というものだった。

「それじゃあ害虫でしょうか？」

「私はもう若くないから夜っぴいての犯人捜しはできない。だから君に一任しよう」

スズキ青年は今日は一睡もしない覚悟で畑の片隅に陣取った。


夕刻となり日が陰り、箱船の中心部が眺望できた。終業までに間に合わせようと市民や労働者は殺気立って働いていることだろう。耳をそばだてるとそよ風が作物を揺るがし、葉と茎とつるが優しく音を立てている。血眼になって利益を追求するだけではない静寂な世界が、こんな近くに存在するだなんて想像していなかった。

日は遠く箱船の彼方に沈み、夕闇は目の前を陰らしてやがてすべては等しく闇の中へ落とし込まれた。スズキ青年は草地に横たわり、星星の輝きに伝承を思い出そうと努めた。病み上がりの体を大地が抱え、目を閉ざして葉擦れに耳を澄ました。農村に対する幻想が際立ち、箱船には帰らずにここで自足した生活を送ろう、と妄想にふけった。するとなにかの気配が周囲を包み、おぼろな幻想が霊感を育み、人外の訪れを当然のものとして受け入れた。何者かが周囲を取り囲み、風が葉擦れを生むのではなく、物をひっかくような、擦りつけるような音がはっきりと聞こえた。

スズキ青年は目を覚まし、周囲の安全を確認すると立ち上がって砂を払い、その音源をただした。辺りは夕闇に沈もうとしている。すると目の前の苗に、ぼんやりと何者かが取り憑いているのがわかった。スズキ青年は近づいて確認をした。虫のような生物が苗の若芽に取りすがって喰らっているのだ。勇気を出してつまみ上げてみると、柔軟だがしっかりとした指触りの、芋虫のような生き物であった。

正体見たり！

しかしどう駆除をすればいいんだろう？　数匹をハンカチで包み、縛ってあてがわれた納屋に引っ込んだ。

暗闇の中で古びた灯油ランプを点け、その虫を確認した。こんもりとしていて、まるで大きな大豆のようだ。あつらえたように蓋のある瓶があり、蓋に釘で穴をあけて虫を放り込んだ。日が明けたら富農氏に報告しよう。そうして休息をした。

翌朝、富農氏を訪ね例の大豆のような虫を確認してもらった。

「なんだろうね？　まったく初めてみるが……」富農氏も戸惑っているようだ。

しかし虫は虫だ。そこで殺虫剤を掛けてみたが、どれも有効ではない。

「一匹一匹捕まえるしかないようですね」

「どういう生態なのか、調べてくれるかい？　一網打尽にできるかも知れない」そこでスズキ青年はもう一晩、畑で夜明かしすることになった。

そして夜更け。昨日とは一変して、虫の一群が畑を覆い、作物は荒らされ荒涼とした風景に一変していた。スズキ青年は灯油ランプを掲げると、焦慮の念がホヤを燻し、緊急事態を告げているかのようであった。いまや大豆虫はすべての作物を食い尽くし、より巨大化して畑の一角に集まっていた。ごそごそと音を立てるのは、徘徊や咀嚼の音ではなかった。言葉を交わしているではないか！

「お前たちは何者だ！」スズキ青年は叫んだ。するとその中の徳相で知性のありそうな一匹が、「地上の方よ……私たちは銀河の中心付近で発生した、知的生物です。故郷の資源が枯渇したため、はるばる新たな世界を求めやって来ました。宇宙船内部の生態系に適応したため、このような姿形となっていますが、どうかこの地上の半分をお譲りください」とすり鉢で穀物を砕くような声色で言った。

スズキ青年は用意していたスコップと空のドラム缶を持ち出し、作業を始めた。大豆虫はあっと言う間に駆除されてしまった。ドラム缶6杯の大豆虫は、富農氏と相談しスズキ青年の所有物となり、熱湯で茹で絞ってみると良質の豆乳と区別がつかない。顔見知りの屋台のおじさんに持ちかけてみると、いい商品を仕入れたと10万マネーもの対価を得られた。残った絞りかすは富農氏と相談し、これも肥料として５０００マネーで買い取られた。

ときおり夜空に光り輝く円盤が現れたが、やがて去った。

スズキ青年は友人に色を付けて借金を返し、街へ食事へと繰り出した。飲食店では出される食事がなにもかもうまかった。しかし翌日、食あたりの強烈な腹痛で病院へ駆け込んだ。お医者には念のため入院しようと言われた。稼いだお金は全額治療費へと消えるもようである。

スズキ青年は数日うんうんと呻吟《しんぎん》していたが、病院食にも慣れ、そろそろ退院かというときに友人が見舞いにやって来た。ちょうど昼であった。

「病み上がりに働き過ぎて、いつもなら平気な食事にも、胃や腸が過剰に働いたのかな」

「でもだいぶ回復したよ。このおかゆ、美味しいんだ」

鮮やかな紫色の、得体の知れない食物だった。スズキ青年は匙でおかゆをすくって、「この原料、いったいなんなんだろう?」と呟いた。

すると賄い婦のおばあさんが、憎悪とも悪意ともつかない顔で、「それは知らない方がいいんじゃない」と言った。

霊川怨球

箱船は住居ばかりだ。働く場所も少なく、職住環境の改善が待たれる。当然、娯楽施設などなく、工場の敷地の中でキャッチ・ボールをしたり、カード・ゲームをしたりするくらいだった。スズキ青年が新しく勤めた工場では、最近になって上層部で異動があったらしく、会ったことはないが新任の幹部は福利厚生に理解があったらしい。昼食後の休憩時間くらい、文化的な遊びをしたいじゃないか。

そういって遊休地にテニス・コートを造成し、ラケットとボールを与えた。みな競って備品を奪い合った。しかし備品は補充され、テニス経験者のコーチが所外から派遣され、一通りの訓練を受けた。みな闘争を恥じた。その日からしばらくは遅刻や欠勤が大きく減った。昼休みこそコートの周囲では殺気立つが、生産性の向上に大いに役立った。

しかしラケットは四組しかなかった。自費であれば購入できると庶務課は答えた。競技には上手下手がある。その中で営業の若者が上達が早く、その上でマイ・ラケットを手に入れ、手入れに余念がなかった。世の中なにが流行るかわからない。前からその若者は成績も良く、やがて幹部の一員に加わるのではないかと噂されていた。すると、成績の良い者はテニスも上手いという噂が生まれ、やがてテニスの上手い者は成績も良いと転じた。その上でマイ・ラケットである。やがてマイ・ラケットを持つと幹部になれる、という噂というより都市伝説が成立した。

マイ・ラケットを誇らしげに手にしたスズキ青年は、夕暮れの街角を通り抜け、ひとり川岸で涼んでいた。喧噪を離れた街外れは、初夏の訪れを前にして静かな夕闇の中に沈んでいた。

川面は穏やかな小波を刻み、褪せた夕焼けを映じていつまでも揺れていた。放心して迎える黄昏の時間を、マイ・ラケットをお供にしてしばらく佇んだスズキ青年は、満ち足りた気分でその場を去ろうとした。最後に小寒い河原を振り返り、向こう岸を一瞥すると、大小の墳丘が目についた。昔から偉い人が埋葬され、いまでも永遠の眠りについているのだ。

しかしスズキ青年の目に、赤い光がチラ、と目についた。

あれはひょっとして、風雨で地表が流出し、埋葬品の高価な宝石が夕焼けのかすかな光に照り返ったのではないか？　墓荒らしは重罪である。しかし宝玉は危険を冒してでも手に入れる価値はある。

スズキ青年は意を決して川を渡り、墳丘群に紛れ込んだ。濡れた足下は冷たく不快だった。湿った足音を立てながら、宝石の輝いた場所を探した。墳丘の谷間をあちこちさすらうと、もっと奥になにかの光があるではないか。

一攫千金！

スズキ青年の心の中では、墓を暴くという罪悪感より、現世を安楽に生きようとする欲望が遙かに、遙かに勝っていた。胸は高鳴り、鼻息も荒くスズキ青年はその輝きに向かって歩いた。埋葬者の腐敗した臭いが辺りに充満し、歩行のたびに足下では小さな枝が折れる感触が伝わってきた。

輝きは近づくたびに遠のいているのではないか。ずいぶんと歩いた。足下で折れる枝は、人の骨なのではないか……。そんな思いが脳裏をかすめると、確信は怯えとなり、欲望よりも死への恐れが胸の内を占めた。そこへなにかに躓き、転んでしまった。薄闇の中で、棺であることがわかった。強い風雨に墳丘が崩れ、露出したのだろう。

あっ！

スズキ青年は叫んだ。

棺に紙幣が張り付いているのが確認されたのである。宝石ではないが、これは拾いものだ。スズキ青年は紙幣を剥がし、額面を確認した。しかしそれは紙幣ではなく、呪文の描かれたお札であった。しかしなにか考古学的な価値があるのではないか。お札を懐に入れると、いま、先人が苦悩して作り上げた戒めを、千古の怨みでその計らいを引き裂かんと、天地を傾ける意思を持った妖魅《ようみ》が蘇った！　棺の蓋は木っ端微塵に砕かれ、悪罵と陰火を引き連れて妖魅は立ち上がった。

妖魅は目の前のマヌケな愚人を引き裂いて喰らおうと、まずは陰火を差し向けて弱らせようとした。陰火は強烈な速さで虚空を滑り、スズキ青年を狙った。

しかしそこはスズキ青年も然る者、直線的な動きの陰火を、マイ・ラケットで打ち返した！

スポーンと音を立てて跳ね返された陰火は妖魅の際を危うくそれた。死んでなお美しい妖魅は凄絶な憎しみの情を深くしてスズキ青年をにらみ、いくつもの陰火を連続してはなった。しかしスズキ青年はうだつの上がらない人生を送っているが、仕事だけはうまく執り行うのである。跳ね返されたその陰火は虚空の闇の中に解け、消えてしまった。

もう術がない！

妖魅は死者であったが、また棺の中に閉じ込められることに恐怖をし、後ずさった。お札に効果ありと直感があった。向こうの態勢が崩れたとみたスズキ青年は、さっと妖魅に駆け寄り、お札を額に貼り付けようとすると、最後に隠されていた陰火が現れ、そのお札を燃やしてしまった。

しまった！

不手際を悔いる間もなく、妖魅は虚空を飛翔し退散していった。

後には死者の腐臭と、強烈な疲労感だけが残った。

こんなところにも闘争があって、これだけ疲弊しつつも誰も振り返らない。仕方のないこととはいえ、やりきれないものだ。

ぐしゃり！

スズキ青年は、マイ・ラケットを地にたたきつけて破壊し、鬱憤《うっぷん》を晴らした。苦渋が喉の奥から沸いたが、生者として箱船に帰らなければならない。これ以上の探索は不可能として、スズキ青年はきびすを返して墳丘を後にした。

なんともいえない一幕であったが、しかしその光景を見届けていた者がいた。川辺でスズキ青年は自殺をするのではないか、と後を付けてきた者がいたのだった。最後のマイ・ラケットを破壊する姿がかっこいいと見ていたその者は一部始終を周囲の人物に触れ回ったが、みな妖魅の件は冗談だと捉えた。人は薄情であるが、怒りにまかせてマイ・ラケットを破壊する行為を好感した。やがて世に、失策があるとマイ・ラケットを破壊するという行為が流行した。

世は儚く、実りがない。

しばらくすると識者が、そうした行為は物を作る労働者を貶める行為なのではないか、とスズキ青年を攻撃した。

スズキ青年はやっていられない。

職を投げ捨てて、酒保で買った強い酒を飲んで憂さを晴らしていると、どこかの製造所のリーダーが労働者を引き連れて訪ねてきた。

叱られるのではないかとスズキ青年は身構えたが、非難ではなく賞賛を与えられた。

「あなたがインフルエンサーとしてラケットを消尽してくれたおかげで、ラケット製造の我が社はたいへんな好景気です。お礼を申し上げるとともに、ここに少額ですが寸志を捧げます」といって多大な報償を置いていった。

次には酒保の飲み食いではなく、再び飲食店で御大尽となった。一晩かけて懐の中身を費やすと、朝方になってお開きとなった。物を壊せば、また作れば良いのだ。するとスズキ青年にも、大きな見返りがある。酒精を浴びた勢いでそう短絡し、まだ暗い明け方の箱船を見渡すと、荒々しい意思が体を満たして……。

仙人裁判

箱船はすばらしい理想社会なので、劣った人間には居場所がなかった。劣った人間は蔑まされ、憎まれたのである。スズキ青年がひねった人格になったのも、自己責任だと市民は喜んだ。

すばらしい社会が、それほどすばらしくない住民を貶めるのである。

しかしスズキ青年、そこはもう織り込み済みで、独りで生きる喜びを見つけた。人のいない場所で野宿をするのである。天幕や食料、料理道具をコンパクトにまとめて、今回は海辺へ出向いた。

港町を循環する最終バスのエンジンは轟音を上げて咆哮し、ヘッド・ライトは暗闇の底に沈んだ港町を照らし、漁村の静かで質素な姿が現れた。目的地で降車し、最終バスが去ってゆくと潮の香りが漂う中で波の音だけが傍らにあった。

粗末な道路が行き詰まると、もうすでに浜辺だった。浜辺は緩やかに勾配をして水際まで続き、浜風に煽られて波打ち際が白く鈍ると、波打ち際がうつろに確認された。人家は遠く、人気《ひとけ》もなかった。

波の気配を一度は強く感じたが、水しぶきの先でそれ以上の侵入は止め、闇の中で海の気配に満たされると高台を探して取って返した。適当に天幕を展開し、手頃な流木をナタで割いて薪とした。

横たわって沈黙をしていると、飛翔してきた蝶の羽を煽られた炎が焼き焦がし、悶死をするのを見届けた。

自分もこんな、欲望を煽られて危機に接近し、社会の風圧に逆らうことのできない、見せしめのような最期を迎える人生なのだな、と認識した。

ただなんとなく、納得をするわけではないが覚悟する心理が固まった。最後の薪を投げ入れ、目をつぶると入眠した。

早朝、目覚めた。

濃霧が立ち込め、浜辺を押し包んでいた。

波と浜辺と濃霧だけ。

無意識に突き上げられて荷物をまとめると早々に出発した。

なにかがこの先に待ち構えている、と根拠なく確信があるのだ。

立ち込めた濃霧の中を進んだ。

意識はいつになく覚醒していた。

食欲はなかった。

生きる目的も、手段もなかった。

砂浜に足跡を記しても、しばらくすると風紋に消され、自分が生きていた事実は、誰もがそうであるように、なかったことになってしまう。

豊穣な人生も、孤独な歩みも、生前はその境目は無限であっても、事が終われば一毛の差ほどなのではないか。

そんな気持ちになって、浜辺をいくらでも進んだ。白い闇に包まれて、進出も帰還もままならなくなると、粗末な門が見えた。その先に小屋があった。ここで行き先を尋ねよう。門をくぐろうとすると、先に小屋から人が姿を現した。いくつ歳を取ったのかわからない老人だった。

「ここは君がきていい場所ではないぞ。海神《わたつみ》の気まぐれに戯れ込んで、増長している場合ではない。元の道に戻りなさい」

「道は失われて僕は行き詰まりました。後生ですから、この先への道をご指導ください」

「否。帰れ」

「僕は、あの社会では手頃な棒きれのようで、相手をひっぱたくにも良いし、使い終わったら薪にして燃やしても良いようなお手軽な手段です。しかしもう、目的のない生活にいったんは終止符を打ち、考え直すようなことがあっても良いのではないかと考えています」

「断じて否。帰れ！」

「すでに帰り道はありません。箱船の来し方は忘れられ、これからの舵取りは生み出されず、海路は断たれてキングストン・バルブは失われました」

しばしの沈黙の後、老人は厳しい取り繕いを解いて、「俗世の営みに無為を悟ったのだな。それでは脱出口を示そう。門をくぐって入るが良い」と告げた。

入門すると霧は一度に晴れ、岬の断崖の下にいることが理解された。

「庵の脇を通ると、岬を登る階段がある。その先に停留所があるから、そのバスで帰りなさい。その後の人生は、君の志にかなうようお祈りをする」

九十九折りの階段をしばらく登り、岬の上へたどり着くとその先に老人の言葉通りバス停留所があった。巡回バスに揺られて、自宅へ戻った。すると、自分の鼠穴の如きアパートメントが、重厚な門構えに囲まれた豪邸となっていた。


入城すると美しい妻がかしずき、召使いと仕事上の部下がかしこまっていた。

浜辺の老人は俗世を否んだと受け取ったが、スズキ青年の無意識では豊潤な人生を求めていたのである。

食事の前に仕事をかたづけなければならなかった。

豪邸の会議室で、いかにもできそうな若者がプレゼンテーションの準備を終え、幹部連はスズキ青年の指示を待った。

司会の管理職が「箱船の経済成長は著しく、市民は退蔵を否んで労働者は厳しく利益を追求します。新しい商品は次々生まれ、消費の場は休まる気配がありません。みな健全な精神が健全な身体に宿ることを古代よりの神々にお祈りをし、腹八分で未来の事件に備えます。この右肩上がりの時代がどれだけ続くものなのか、参考程度に尺度となるお言葉を頂戴したく存じ上げます」と丁重な口調で言った。

スズキ青年は決断する口調で言った。

「神々はいったん飛翔するとなるとどこまでも天を飛翔され限界を知らず、光を遥かに超えるすばらしい速度で宇宙の果てへたどり着き、とって返してお戻りになる。その距離は渦状星雲の端から端までであるが、乙女が恋心を変節する程の時間である。人の尺度で神々は測れないが、神々にも帰還される場所は必要なように、箱船経済にも落ち着く時が来るだろう。僕は神々の手段であるが、箱船のために見当をつける。昨晩の嵐は去って箱船を取り巻く波は穏やかだが今後北風が強まる見込みだ。充分用心して取りかかろう。これを本日のオリーブの葉とする」

会議が終わり、妻と二人きりになった。利発な召使いが厨房を行き来し、気の利いた出来たての料理をタイミング良く運んでくる。

妻は深慮で聡明だ。そのうえ美しく気立てが良い。しかし灯火の下で美貌に陰りがあった。

「今年は作柄が良く、米も小麦も上等だった。しかしそれよりも、工場の労働争議が収まり、生産性は倍になって利益は10倍になった。しかしそれよりも、科学技術の発展が著しく、論文の数は倍になり特許の数は10倍になった。しかしそれよりも、社会を生きる市民はますます巧妙となる社会の発展を理解し、イノベーションの連続に目まいすることなくただ事実を把握し、労働者の働きかけとともにひたすら共存する運命を受け入れている。しかしそれよりも、箱船を取り巻く神々の力強い加護はますます強まり、果てしのない航海の目的地が蜃気楼の先に垣間見えるのである。しかしそれよりも、我が君は健やかで美しいが、今夜眉根を曇らすのは、いったいどうしたことですか」

　すると妻は詩を述べるべきときに忘れてしまったような恥ずかしげで、「妾はあなた様の城構えに守られ、風雨を浴びることさえない安楽さです。あなた様はお仕事の間の後一服を、後になさって妾の愚痴に耳をそばだてるほどの気構えがおありですが、妾の図々しさをお笑いになるのではと案じるのです」と言った。

「僕は君の神秘さに憧れる山筋のウサギである。どうか秘密を打ち明け、この疑問に答えてほしい」

「それは実は、逆さなのです」

「どういうことか」

「妾は早朝夢見が悪く、あなた様より先に目覚めました。するとあなた様は夢に夢中で、寝相良くニヤッ、とお笑いになりました。妾はあなた様が笑顔になることをもっとも望みますが、あのような笑顔をみたことがありません。今後の励みといたしとう御座いますが、いったいなんの夢を見たのですか?」

スズキ青年は空白の時間を思い出そうと努めた。しかし……「サヴァンとしてこの世に生を受け、あらゆる困難を受け止めてきたが、その問いには窮した。皆目見当がつかない。どうか今回のことは忘れて、別の話題を振ってほしい」

今生の願いを撥ね付けられたと理解して、妻は言いよどんだがすぐにただ一度、言葉をただし「嫌! どうかお答えになって!」と気色ばんだ。

沈黙はアトラスの山々よりも重く、北冥の冬よりも厳しさを伝えた。エジプトの錦よりもあえかな妻の心理は、その緊張に耐えられなかった。妻はペンダントの自決用の毒薬を口にし、哀れな最期を迎えてしまった。その亡骸を抱いて、呆然としていると新しい料理皿を取りこぼした召使いが、「ああ、旦那様が奥方さまを殺めてしまった！」と叫んだ。

従者は治安部隊を呼び、治安部隊は思案した。ただでさえ市民と労働者は生きる道が違うのに、社会のリーダー層となるとどう対処して良いのかわからない。とりあえずスズキ青年は事情を説明するが、より高位の意思が働いたものか、有罪ということになってしまった。しかし裁き方が誰にもわからない。そこで東方の仙人に任せよう、ということになった。


神輿に担がれたスズキ青年は、箱船に生まれたことを後悔し、しかしもう戻ることはないと痛感した。神輿は厳重に取り締まりを受け、戒めも堅くしてやがて東方の山岳地帯へ放置された。

高地の夜は寒い。人里離れた土地であってもどこかで鐘楼の音が静かに鳴り響き、無常の思いに満たされた。

しばらくすると、天地に響き渡る声明がスズキ青年の怯える心をさらに打ち砕いた。

「汝、海神を欺き、信託を盾にして放蕩三昧のツケをわしに回そうとするのだな。善いかな善いかな。戒めを解いて進ぜよう」

仙人さまは気迫を込めて意気を発すると、バラバラ！　と神輿は分解され、その中からスズキ青年が現れ、訴えた。

「翻弄される人生に、とうとう終わりがやって来ました。思い上がったり焦慮したり、軽蔑されたり敬遠されたり、人生の果てしないドラマはいくらでも続くものと覚悟しましたが、仙人さまのご神託に、最後の止《とど》めを刺されます。この中身の軽い頭を垂れ、どうかお裁きを受けとう御座います」

「汝は自身を風に巻き込まれ炎に焼かれる蝶にたとえたが、今度は逆さにしてやろう。気まぐれな人生を袖にする愚か者にふさわしい転生を与えよう。これを罰とするか褒美とするかは汝次第だ」

エイッ！

仙人さまの発した気合いのために、スズキ青年の気は遠くなった。気が凝り固まって生命となり、一夜の宿として肉体に伴われるが、もうスズキ青年の気はすでに月よりも遠く、ハレー彗星の軌道上の重力圏に接近した。しかし鋼鉄よりも重い業のために、ハレー彗星が太陽に近づいて有機体が燃焼して鬼火のような燐光となっても、スズキ青年の魂にはいままでどおりの自我があった。

生命の神秘である。

ハレー彗星は76年の長旅を終え、再度地球に接近し、新たな生命の種を地上にまいた。そこで新たな地上で、新たな甲虫となって飛翔する段になっても、スズキ青年には過去の自我があった。自分の意思で飛翔できない蝶ではなく、逆風に突き進むコガネムシとして転生した。スズキ青年であるコガネムシは、金や銀の燐光を発した。他の虫たちは、スズキ青年の甲殻に敬意を表し、尊重した。自分の価値は自分自身で量るどころではなく、みなが褒め称え、必要とするのである。そんな環境で夏を終え、蕭々《しょうしょう》と秋風が照葉樹を枯らす季節となり、想いを遂げて子孫は繁栄することだろう。そんな未来予想を抱き、再び土へと帰還した。


そこでスズキ青年は漁村の浜辺で目を覚ました。

「ああ、夢か……」

薪で沸かしたドリップ・コーヒーはすでに冷え切っていたが、海洋の潮騒が伝わってきた。立ち上がって荷物をまとめ、循環バスで自宅へ帰還した。今度はなにものも変わってはいなかった。自室の窓から箱船を一望すると、その中の卑小で臆病な自分を改めて認識した。しかし手元には、金色をしたコガネムシの死骸が残されていた。

コオロギ捜査網

生きていれば丸儲け、という言葉がある。スズキ青年はこれが大好きだ。仕事にあぶれてしまったが事業を起こした。商店街の通りに机を出し、「非公式警察」と表札を出して捜査の仕事を始めたのである。

友人は、「捕まる前に捕まえようっていうんだね。危機感に欠ける者の努力というのは、時に微笑をもたらすものだね」と笑いながら言った。

「ぜひ貨幣を取り締まりたいところだ」

人通りは多く、みな忙しく身過ぎ世過ぎを送っている。商店に飲食店、医療所や理髪店、町工場に印刷所……。人生の営みを食う寝る住むといい、そうしたことへの利便性に対して他者が助け、補っているのだ。仕事の間に貨幣を中にはさみ、ねぎらう意味で相手に贈り、送られた相手は感謝の念とともにサンドイッチのように胃の腑に収めるのである。スズキ青年は誠仁な面持ちで仕事の発注を待ち構え、友人は人徳のある容貌でその姿を見守った。

するといっても人間至る所に青山あり、徳は孤ならず必ず隣あり、というところだろうか、捜査の依頼が舞い込んできた。

初老の男だ。身なりは小綺麗だが、身分は低いようだ。「お巡りさん、私はさるところの大店に勤める召使いなのですが、うちのお嬢様が飼われているコオロギが行方不明になってしまいました。お嬢様はお嘆きです。どうか捜索をお願いします」

スズキ青年は問うた。「コオロギの家出だね。動機に心当たりは？」

「それがまったく……。一昨日まで切ったキュウリを幸せそうにお召になっていましたから……」

「現場はどんな案配だった？」

「従者が最後に巣箱を掃除したときはまだいらしたようで、掃除したとき巣箱の蓋がズレてしまい、隙間から出ていかれたようです」

「それじゃあ誘拐ではないんだね。身代金の心配はないな」

スズキ青年はＡ４のコピー用紙に動機不明、と記した。

「コオロギの人相は？」

「それがどこにでもおられるコオロギと同じ容貌で……」

スズキ青年はコピー用紙に無個性なコオロギ、と書き足した。

「それじゃあこれから捜索するから、連絡先を教えて」

召使いは自分の氏名、そして屋号に住所と電話番号を伝えた。召使いが去るとスズキ青年は勇んで捜索に乗り出した。広場の雑草の際やゴミ捨て場の隅を探してみた。

しかし埒が明かないことに気付かされた。虫はなりが小さく侮られるが、人にある種の霊感を授けるものである。虫の知らせというではないか。つまり半身は生物ではあるのだが、半身は幽界に属するのである。そう気づいたスズキ青年は外術師のもとへ急いだ。商店街はどこまでも続いているが、そうした看板を掲げている店があるのである。捜査協力を願うと、外術師は同意をした。

「大店のお嬢様が大事にされているコオロギが行方不明となると、吾輩としても心配である。ぜひ捜索に協力しよう」

「天は無限に広がり、地は果てしない。人でさえこの世にあふれてさまざまな場所で生活をしているが、掌に収まる程度の小さい生命が気ままにふけるとなると、人の力では補いきれない。なにかいい知恵はあるか？」

外術師はしばらく目を伏し目がちに沈黙すると、やがて正眼となってなにかを確信した。

「人の手に、行方不明になったコオロギの捜索は難しい。だから汝もコオロギとなって探せば、虫どうし気心が触れ、発見にたどり着くやもしれない」

「それは名案。しかしコオロギになる方法はありや?」

外術師は商品棚から試験管に入った茶色の液体を持ち出した。

「きょう寝る前、この薬剤を飲むのだ。反魂の術の応用である。汝は幽魂となりやがてコオロギに憑依する。すると汝はコオロギの身になって天地を自由にさまよえるのだ。効き目は一晩である」

対価は共同で大店に請求することになった。


新月の夜も更け、物音一つしない街頭にスズキ青年は目覚めた。まさしくコオロギの身に変じているのだ。跳ね回ってあちこちに出歩くと、一匹のカマキリが場を張って粘っている。後ろから注意深く尋ねた。

「カマキリさん、私は非公式警察のものだが、ちょっとコオロギを探しているんだ。

大店のお嬢さんがお飼いになっていて、人相は無個性らしい。心当たりはない？」

カマキリは物欲しそうにスズキ青年を一瞥したが、相手が対等に話しかけると応じてしまうのは虫の性質だ。

「自分はこの初春に生まれ、まだコオロギは食していない。風の噂で誰かがあの世へ通じた心得があるが、彼がそうかもしれない」謝辞も早々に場を離れると、スズキ青年は広場へ出向いた。すると夜鴉がゴミ捨て場で餌を漁っている。

「自分は非公式警察のものだが、ゴミも公共の財産なので取得物横領の罪に問われるぞ」

夜鴉は鳥の中でもひときわ賢いが、罪罰を問われると身の潔癖を晴らそうとしどろもどろになった。

「いや、餌を漁るのは夜鴉の商売ですから！　お巡りさん、その法律の策定に自分たちは参加したわけではないから無効です」

「まあいい。つかぬことを伺うが、この街であの世へ通じる道ってどこにある？」

ハッとしたのかホッとしたのか、夜鴉は知恵を出した。

「この街であの世に通じているのは、南の原っぱの真ん中に鎮守の木があって、そのウロの中です」

捜索は順調に進んだ。スズキ青年は鎮守の木に取り付き、ウロの中に入った。時折ものすごいスピードで何者かが出入りしてゆく。人魂だったり、妖霊だったりするのだろう。

奥へ奥へと進むと、中は意外と暖かだった。光源はわからないが、ぼんやりとした光に包まれている。いつの間にか幽界に進んでいるものらしい。やがてウロの道は二手に別れた。道標があって、右は天国、左は地獄とある。右の道は大きく晴れやかだった。左の道は狭く湿っている。虫は小さく体を収めることのできる場所が好きだ。だから地獄へ向かって捜索は進められた。

スズキ青年は人っ子一人いない河原や、幅の長い川を自力で渡った。虫は人に比べて小さくはあるが、活動力は優れているのである。やがて門が現れ、表札に閻魔《えんま》庁とあった。門番の赤鬼青鬼がスズキ青年を認めた。

「なんだコオロギ、おまえ死んではいないじゃないか」

「自分はこれでも非公式警察のものなんですが、失踪者の捜索の依頼がありまして、地獄へ向かった次第であります」

「なに？　非公式警察だと？　そうは言って、都の監査委員会の使いではあるまいな？」赤鬼は急に疑い深くなった。

しまった！

そうは思ってももう遅い。証人暗殺！

哀れスズキ青年は赤鬼にひとつかみされ、飲み込まれてしまった。しかし九死に一生、指先から口内へ放り込まれるとき、ぴょんと飛び跳ねたのである。口歯で噛み砕かれるより先に、喉の奥へと入り込んだ。喉の奥は熱くにぎやかだった。そこには様々な生き物がいた。生き物はスズキ青年を歓待した。「私は疝気《せんき》の虫だ」「俺は腹の虫！」「自分は疳《かん》の虫だよ」「あたしゃ泣き虫さ」「儂はアニサキスじゃ」「僕はエヘン虫だ！」虫どうしあっという間に気心が触れた。非公式警察としてやってきた理由を説明すると、虫どうし何事か相談が始まった。やがて結論が出たらしく、リーダー格の疝気の虫が語るには、「大店のお嬢さんのところのコオロギの話は知っているよ。彼は少しばかり思い上がるところがあって、生類の哀れさを天国に訴えに行ったんだ。だから地獄にはいないよ」「そうか！　道を間違えたか」

「でも心配ないよ。ここは腹の中だから、胃液で溶けきる前に胃壁に食いつけば赤鬼は吐き気を覚えて吐き出すことになる。君も虫だから、急いで門を登って塀の上を進むと、閻魔庁を抜けて地獄の入口になり、灼熱地獄、極寒地獄、阿鼻地獄、叫喚地獄を越えると血の池地獄に囲まれた剣ヶ峰があって、その頂上で天界と異空間交通がまだあるはずだから、それを利用すればいい」

「ちょっと道が分かりづらいが？」

「それじゃあこの疳の虫を連れてゆけばいい。道案内だ」

「それでは皆さん、感謝いたします。現世に戻ったらこのことは末永く語り継ぎます」

「お礼はいいから。さあ、溶ける前にお急ぎ」

スズキ青年は勇んで胃壁に噛み付いた。すると食あたりを起こしたと思った赤鬼は、スズキ青年と疳の虫を吐き出した。吐き出されると2匹は急いで門の上へ登り、疳の虫の進むままに壁の上を通じて閻魔庁を抜け、それぞれの地獄を通った。

やがて血の池地獄に囲まれた剣ヶ峰までやってきた。死者の悔恨を映す赤い鏡となった湖面は、亡者が呻吟をすると赤い滴りに波紋が生まれ、ときにさざ波となって彼岸まで届いた。疳の虫は嬉しそうに語った。「僕は表面張力が生まれるから血の池を渡れるんだ。君はかたわらの木の葉に乗ってすすめばいい」そのとおりに進むと、剣ヶ峰の麓にたどり着いた。あとはかんたんだ。剣ヶ峰には無数の刀剣が突き刺さり、覆われている。亡者にとって剣を踏むことは大変な苦痛だが、しかし虫はその根元をくぐってゆけばいいのである。体力はだいぶ消耗していたが、最後まで登り切ることができた。

頂上で疳の虫の言うには「むかし罪人の救出のために御仏は異空間交通として蜘蛛の糸を下されたんだ。すべてをお見通しなのだから、そろそろやってくるはずだよ」。空は闇のような黒雲が、赤鬼青鬼の恫喝《どうかつ》や亡者の泣き言とともにどよめくばかりだ。しかし見上げてしばらく経つと、黒雲にわずかな隙間がうまれ、キラリと光るものが生じた。どうやら蜘蛛の糸が下されたようである。蜘蛛の糸はスルスルと押し下がり、やがて手元に届いた。

「さあ、急ごう」疳の虫に促されてスズキ青年は伝っていった。緊急避難用の機関であるらしく、蜘蛛の糸は急速に天の元へ戻された。

「蜘蛛の糸もオートメーション化されたのか！」

「蜘蛛の糸が常態化をしてすべての死者亡者が利用するようになっては天国地獄のけ

じめがつかなくなるから、他言は無用だよ」

そんな会話をして2匹は天国へたどり着いた。天国では天の門番が待っていた。傍らに虫かごに入れられたコオロギがいた。

「非公式警察よ、御仏はすべてお見通しだ。話は上から伝え聞いている。このコオロギは自分の身の上を訴えたが、それは死を受けたあとの話だ。さあ、あの階段を下ると木のウロまで通じているから、外界へ出るがいい。それと疳の虫、お前はもとの赤鬼の腹の中に帰るのだぞ」

そうして外界への帰還となった。

お嬢様のコオロギは複雑な心境のようである。なぜ天国へ向かい、なにを訴えようとしたのか口を割らないのだ。しかし家庭にはさまざまな事情がある。深追いをしないで、身柄を大店のお嬢様のもとへ戻せば自分の仕事は終わりなのだ。

天国と地獄の分かれ道にたどり着くと、疳の虫とお別れになった。

「いろいろありがとう。君のおかげで仕事を済ますことができそうだよ」そう礼を言うと疳の虫はテレたようだ。「自分の居場所へお戻りよ。仲間が待っているよ」そこで疳の虫とは別れた。そしてスズキ青年は、木のウロから出てお嬢様のコオロギとともにまず自宅へ向かった。もう夜明けだった。試験管に入れられた茶色い薬の効き目も終わることだろう。

自宅のアパートメントにたどり着くと、自室へ郵便受けから入り込んだ。ベッドにはスズキ青年の実体が息もせず眠り込んでいる。幽魂が抜けているのだ、死んでいるのも同然である。お嬢様のコオロギを用意していた虫かごに収めると、そこで薬効が切れた。

太陽は地平線から昇り、箱船をジリジリと焦がした。目を覚ました人間のスズキ青年は、傍らの虫かごを手にし、霊媒となったコオロギを外へ逃し、大店へ向かった。

大店は天へ地へとの大騒ぎとなった。

お嬢様はコオロギの帰還を喜び、主人と奥方が丁重に礼を述べた。

「どのような魔法を使って娘の宝とするコオロギを探し出したのか、まったく不思議です。今回のお仕事にお巡りさんはどれだけ汗を流されたことか、まず一番風呂にご入浴いただき、その間に宴会の準備をいたしたく思います。そして一献傾けながら、御苦労をねぎらいたく存じ上げます」そしてゆっくり一時間朝風呂を楽しみ、終わると宴会が始まった。やがてなぜコオロギが天国へ向かったのか理解するところとなった。

主人は訴えた。「わたくしの故郷は貧しい寒村で、食べるものに困っていました。科学によると人間は糖質、脂質とタンパク質が必要栄養源です。我が故郷ではタンパク源の入手さえ難しい有様でした。そこで昆虫食が進み、コオロギによって腹を膨らます有様です。私は現今の世界を眺め、食に満たされた社会の様を憂います。そのためにお客様におすすめするのは、コオロギ食です。さあ、趣向を凝らしたお食事をどうぞお召し上がりください」煮物に揚げ物、サラダ風にコオロギ沢山のスープ……。しかし否んじれば報奨金の支払いが心配になる。スズキ青年は目を白黒させてコオロギ料理を平らげた。そして報奨金をひったくるように受け取ると外術師のところへ行って分配し、家路についた。

たいへんに気分が悪化した。そこで早くもベットに横たわり、いつの間にか眠ってしまった。

友人は話を人づてに聞いて、心配になって翌日スズキ青年のところへ向かった。アパートメントにたどり着くと、部屋の中からスズキ青年の呻吟が聞こえる。ドアを開けるとスズキ青年はコオロギのように這って出向いた。

「どうした！　コオロギに取り憑かれたか」

スズキ青年は事情を一から話した。

「コオロギを食べすぎて、急激に尿酸値が上がったんだ。痛風で足がもげるように痛い！」

スズキ青年は息も絶え絶えとなった。

友人は真面目な顔をして、「それで非公式警察は虫の息なんだ」と言った。

シューリンガン事件

さまざまな難問が前途に立ちふさがり、箱船は医療費が亢進し財政が圧迫された。巷《ちまた》には財政出動された貨幣が偏在し、経済格差とともに投機価値を投影された一部の商品の値段が急拡大した。そしてその商品は常に定まることはなく、噂話とも都市伝説ともつかない形で発展していった。

チューリップの球根がいい、となればチューリップの球根が額縁に収まって商店の商品棚に恭しく収まり、古稀書がいい、となれば古稀書が古書店で目ざとく漁られた。都市は気ままに、昨日の生活よりも今日の仕事が勝り、今日の活動よりも明日の人生に期待がもてる状況となった。無責任でいい加減な市民感情は、貨幣の氾濫を吸い込んで乾燥わかめのように拡大し、それでも穏やかでカジュアルな気分に満たされて膨張をしていった。

マネーと正義の問題は対話では解決ができない。しかしだいたいのことはマネーで解決が可能となったのである。市民は他の市民の、無責任でいい加減な話を聞くと、さらに誇張をして他の市民に伝えた。

スズキ青年はいつかカレーパンに市民の関心が向かうのではないか、と山を張って住処に買い溜めていた。ケースに収められたカレーパンが、狭い居住スペースいっぱいに積み重ねられた状況である。遊びに来た友人が「君は金持ちになるか糖尿病になるかの賭けに出たね。三食病人食を食べ、食後にその面構えを箱船の市民からそむけながら散歩をすることがないようお祈りを申し上げるよ」と皮肉を言った。

「祈るのなら市民の関心がカレーパンに向かうように祈ってくれ。安く買って高く売る。俺の人生訓なんだ」

友人は軽く笑うと、スズキ青年にやつれた印象を持った。

「未来の大金持ちにこのような申し出は不躾ですが、君は糖尿病になる前に、もう痩身を目指しているのですか？　君は金持ちになれるよう祈れと仰せだけど、君は自分の予測に不備がありやしないか、内心心配していると忖度がなされる」

「いや、君の言葉は一つ一つに重みがあるが、実は今月の食費を流用してカレーパンを買ってしまったのだ」

あぶれた表情でスズキ青年は伝えた。するとするべきものは友人か、彼はいま縮こまったものもらいに恵みを与えれば、金持ちになったら大きな返礼をもたらすだろうと期待したのだ。そして飲食店でスズキ青年は涙を流さんばかりに白米と肉片をむさぼり、胃の腑に栄養と安寧が収まると気分も展開してきた。

「市民はきっと、今に俺のカレーパンを必要とするぞ。でもかんたんには譲らない。まず俺を讃える詩を唱えさせ、平伏をさせて初めて取引となるのだ。なんでそんなことをさせるのかというと、カレーパンは時間が経てば経つほど値段が上がるじゃないか！　俺は他人に褒められて自惚れるほど野暮じゃない。しかしものは考えようで唱えられた詩を文字に残し、それを後の世に残すことができれば箱船に生まれて本望に思えるじゃないか……」

そんな話を友人に述べた。

飲食店は流行っているのか、店内は客でいっぱいだった。すると隣の席の老人が、

「失礼さんだが、隣に着座していたところ、面白い話を聞かせてもらった。詩草を蓄えた詩人には、後の世のことがわかるという。君の話によると君の霊感がカレーパンを捉えたのだ。わしは君の話を信じよう。実はわしは、次の商材は鉄パイプになる、

と見込んで倉庫いっぱいに買い占めてしまった。しかしカレーパンは集めて楽しく食べて美味しい。しかし鉄パイプは腐るものではないが市民のカジュアルな気分とは一致しないようだ。しかし勝算があったのだ……」老人は悔しそうにつぶやいた。何なんです、とスズキ青年は合いの手を入れた。

「鉄パイプは切断をすれば持ち運びに便利だ。なぜならば紐を通してぶら下げておけるのだから」

スズキ青年は唸った。

そうか！　その手があったのか！

そして話し合いの結果、自分の所有しているカレーパンと、老人の所有する鉄パイプを対等交換することに相成った。スズキ青年は鉄パイプをグラインダーで切断し、試みに手のひらに収めてその重みを楽しんだ。友人はなにか始まるのではないか、とにやにやしながら見守っていた。しかし、天の神々の思し召したる業か、それともスズキ青年の詩草が広まり箱船がその願いを叶えたのか、なんと箱船の余剰資金が鉄パイプに向かった。老人の語るとおり、切って紐に通し腰にぶら下げる立ち姿がナウいとなったのである……。スズキ青年は一夜にしてお大尽だ。東西の名物、山海の珍味は食べ尽くしたところで飽きるものではない。もう御殿を買いに不動産屋へ出向くことも面倒な気分になって、飲食店に立てこもった。

しかしなにごとにも限度がある。これはいちど前に食べたな、という面持ちで肉塊に喰らいつき、食べる前にこの魚の味は想像つくぞ、と思うようになった。富裕層の憂鬱である。しかしスズキ青年、神々が生類を地に生じせしめる前から地を這うような生活感を携えている。やがて意地悪な気分が脳裏を占め、行動するよう意識が前傾化していった。

鉄パイプを手のひらに握るくらいの長さに切り、ビデオ・カメラで撮影をしながら市民の前に放り投げるのである。さいしょ、市民は我先にと鉄パイプを奪い合った。スズキ青年はそのさまをビデオ・カメラに撮り、私財を投げ売って公開した。市民も労働者も皆、自分たちの浅ましい姿が暴かれ、鉄パイプを恐れる心理が成長していった。やがてスズキ青年が鉄パイプを投げ込むと、市民も労働者も慌てて逃げ出す始末だ。

しかし鉄パイプはまっすぐだがスズキ青年のひねくれ具合は神々も匙を投げる始末だ。スズキ青年は出先で人の集まりを見ると、鉄パイプを放り投げ市民の混乱を楽しんだ。世も末である。箱船はスズキ青年の悪辣ぶりを取り巻き、しかし無力感に打ちひしがれて彼の周囲を取り囲んだ。スズキ青年は有頂天だ。鉄パイプを誇らしいばかりに切断し、愛おしいばかりに民衆の中に投げ込んだ。

しかしなにごとも定まり続けることはない。ある日のことである。いつもどおり人混みに鉄パイプを投げ込むと、ある定まった感じの市民が転がってゆく鉄パイプを靴底でキャッチし、それをスズキ青年に蹴り返したのだ。

「なにをするんだ！」

逆上を絵に書いたような逆上の仕方をして、スズキ青年は怒った。するとその市民は、「最果て山の閉鎖された金鉱をよく調べると、まだゴールドが生産されることがわかったのだ。君の鉄パイプはもう益体がない」と言い返した。

突然、鉄パイプ・バブルは崩壊したのである。一夜にして億万長者となったスズキ青年は、一朝にして無一文に帰したのである。生活のすべては行き詰まった。スズキ青年は途方に暮れて友人の住まいを訪れ、青ざめやつれた顔で言った。

「実は今月の家賃をまだ払っていないんだ……」

友人はスズキ青年のためにため息をつくと、「アンパンでもおごってあげるよ。君の身には着実に生きようとする意欲が落ち着いて収まるよう、お祈りしよう」と言った。

「でもみんな、シューリンガン事件って呼んでるみたいだけど、なんで？」

「それは昔からめでたい言葉として有名だよ。パイプパイプパイプのシューリンガン、シューリンガンのグーリンダイ、グーリンダイのポンポコピーのポンポコナって」

「ぐぬぅ……」

スズキ青年は、ハラワタの奥まで屈辱感を植え付けられた。それは灼熱となって五臓六腑を焼き尽くした。しかし言い返さなければならない。弱体化しつつある精神力と体力を総動員して悔しそうに、「長助ェ……」と唸った。

黄色い左手

開発をされて幾年月、市役所の都市計画書を紐解けばそれから何度か再開発も起こされたことが分かった。箱船は改良と改造を繰り返されて今日がある。

日の強い光は箱船の真実を照らし、月の弱い光は市民や労働者の眠りを守った。星はその周りで賞賛するように瞬き、夜明けとともに去っていった。昼ごろまでには春めいた綿雲が虚空にたなびき、その隙間から降り注いだ陽光が箱船の街角を照らして、良い心地であった。市民は同僚とともに仕事をすすめ、労働者は落ち着いて職分を守った。しかし太陽が傾き始めると北風が強まり、雲行きはカップ内で自転するインスタント・コーヒーにポーションを落としたようになった。仕事の合間に市民は空を見上げ、労働者はなにごとかの到来を予感した。

そのとき友人は古本屋のゾッキ本を物色していた。新旧さまざまな古本が格安で並べられている。1冊を取ってパラパラとめくると、自分の知らない知識や世界の印象が埃や匂いとともに体内に吸収されるのである。しかしその中で一冊、油紙に荒縄で綴じられたものがあった。前世紀の古書の印象だ。手にとって表面を確認すると、古語でなにかが書かれている。店主に由来を尋ねても、知らないという。値段を確認するとさいしょ法外にふっかけられたが、顔なじみだとよしみを主張すると財布の中の紙幣で支払うことができた。

家路につくと風雲は荒れ狂うばかりだ。街路灯はセンサーの故障なのか、薄暗くなっても反応することはなかった。

郊外のアパートメントにたどり着くと、もう暗くなっていた。古書を机に置き、夕支度をした。シャワーを浴びて簡素な食事の準備をし、明日の仕事の支度を済ますのである。すべてを終わらせると友人は疲れ切っていることに気づいた。安楽椅子に横たわり、電灯を暗くしてミュージック・プレイヤーを小さくかけて静かな心境を寿《ことほ》いだ。

アパートメントは多数の住人がいるが、今日に限っては雨風以外に物音がすることはなかった。かえって奇異な印象である。友人はそれでもリラックスして入眠状態になった。夢の中で大学生活が繰り広げられた。講師の言葉はすべて理解され、昇級テストもすべて合格した。意気揚々、順風満帆の環境で学友とともに学びそして遊んでいた。そして机の前に座り、ノートにペン・ケースを並べてなにごとか考えていた。それは十分、可能な活動であると想定しながら意識をノートに向けていた。すると突如、誰もいない机の下から手が現れ、友人のペン・ケースを奪ったのである。

驚いて友人は目を覚ました。するとなにかを焚くような匂いがする。友人に勘が閃いた。さきほど購入した古書である。安楽椅子から起き上がり、机の上の古書を手に取ると、匂いの感覚は強まった。いくぶん古書も熱を抱いているのではないか。怯えのような気分が前傾化すると、電話でスズキ青年を呼んだ。中央電話局の自動交換機が機械的な音を立て、受話器からコール音が鳴り響いた。しかしなかなか捕まらなかった。しばらく粘ると、受話器を取り上げる音が響いた。スズキ青年は素っ気ない感じで応じた。回線はどこか幽冥とした響きを伝え、友人の耳に届いた。

「起きてる？　実はちょっと心に引っかかることがあって、応援を頼みたいんだけど……」

「成長を遂げた家畜が屠殺《とさつ》をされて部位ごとに分けられ、出荷されたよ」

スズキ青年はもともとおかしいが、今夜はもっとおかしかった。

「とにかくうちに来てくれない？　困ったことになっているんだ」

スズキ青年は応じると電話を切った。室内は古書の匂いで充満している。


スズキ青年はなかなかやってこなかった。苛立ちと疲れが判断力を縮こませ、空いた隙間から古書の購入への後悔が滲み出し、その液体が胃の腑に満たされると圧殺されるのではないかという恐れに取って代わり、恐怖感に揺すぶられて友人は往生した。ミュージック・プレイヤーを一度切り、静寂が訪れるとますます窮することになった。古書はいよいよ熱を帯び、外へ出んとばかりに油紙ははちきれた。

なんの本だろう？

油紙の中に、なにが入っているのだろう？　著しい恐怖と心痛に友人は慄いた。しかし決着をつけなければならない決意が、使い終わって折り捨てたカッター・ナイフの刃のように心緒に触れた。そこへスズキ青年が到着した。スズキ青年は今度は鋭く、そして落ち着いた印象である。友人に目もくれず古書を手に取り、荒縄を解いて油紙を破り捨てた。中には判別のできない古語で表題と著者名が記されているものと推理された。友人の心緒乱れて糸の如し。スズキ青年は恐れず古書を紐解いた。するとなにか糸の束のような物の怪が現れ、それは南東側に飛びかかり、柱の節目に憑依した。

「おまえは何者だ！」

スズキ青年は叫んだ。しかし相手は沈黙で応えた。すると小暗い住処の端で奇妙な物体が生成されたのである。柱の節目から、黄色い腕が生え出て、招くように動くのだ。物の怪のオイデオイデは、二人を乾燥させて引き裂き、混乱させた。友人は、悪夢を見ている気分になった。いま悪夢から覚め、平常の生活が戻るよう箱船の神々に祈った。

「腕よ腕よ、なにを招くのか。この箱船の御時世に悪を呼び覚ますおつもりか」

友人は恐怖とともに自制心を発揮し、そう言った。すると黄色い腕は一瞬ピクリと動きを止め、しかし今度はなにかをつまむような動きを示した。するとスズキ青年が口を開いた。

「そうか、ものを書く筆を必要としているんだ」

スズキ青年は机の上のサイン・ペンを持ち出し、慎重に黄色い腕に近づいてそれを取らせた。黄色い腕はサイン・ペンを取ると、興奮する感触を節々に動かしめ、壁際に文字を書き始めた。それは言葉として伝わった。

「人世は賑やかしく　箱船は発展した　我は縮こまり　ひたすら孤独だ　日は落ちて仕事は終わらず　歳をとって　老いさらばえた　仲間は去り　青年は反目した　そして明日の食はなく　帰り道もない」

そう記すと黄色い腕は縮小し、埃の影を落として消滅をした。スズキ青年は生きている実感が蘇ったのか、それでも現実に居合わせた感想を漏らした。

「あれは老人の左手だったな。左利きがなにか伝えたかったのだろう」

ほんらい有益な人生を送るはずが、虚妄の生活をすすめざるを得なかった者の戯れか、それとも慚愧の思いか。凪は止み、雨は静かに振りそぼった。

咳教室

箱船でもコロナ・ウイルスが流行した。みな咳き込んで苦しそうだった。しかし当局やお医者の尽力のために沈静化されることになった。それでもいろいろなことが起こるものである。相手の面前で咳こめば、相手に移して自分は快癒する、という都市伝説が生まれた。そうして職場や学校、街角では頻繁に咳き込む者が現れ、それは文化状況にまで亢進した。箱船は考え、そして一つの結論を出した……。

友人は博愛主義者だ。しかし市民としてはうだつが上がらない人生を送っている。愛情の注ぎ先がないのだ。そこでペット・ショップの飾り商品だなを眺めていると、動物がいかにも可愛らしいのである。しかしアパートメントは動物飼育厳禁だった。大家さんに相談すると、金魚くらいならいいということだった。そこで水槽とエア・ポンプを買い、水棲動物を飼い始めた。

さいしょは狭く暗い一室の隅に置かれ、水棲動物はおっかなびっくりの様子だった。しかし丁寧に優しく餌やりを続けると、水棲動物は友人に馴れ、近づくと飛び跳ねて餌をねだるくらいになった。友人はこの水棲動物が可愛くて仕方がない。図書館で調べると新鮮なエサが体にいいらしい。そこでスズキ青年を伴って、街中のショッピング・モールへ買い出しにでかけた。

ショッピング・モールはコロナ明けでもあり、黒山の人だかりだった。買い物が目的というより、ショッピング・モールへ出向くことが目的と言っていいようだ。食料、衣服、日用品、飲食店、喫茶店……果ては自動車や不動産のセールスマンまで商いの賭場を張っている。二人はまずペット・ショップへ行ってみたが、作りおきの固形物だけしかなく、新鮮なものはなかった。そこで自分たちが食するための食料品店へ出向き、思った通りのものを買い込んだのである。

スズキ青年は思った。

友人は博愛主義者であるが、人間より動物を優先しているのは間違いなのではないか？

しかし長い付き合いである。余計なことは言わず、思い通りのことをさせてやろう。そう考えてなにも言わなかった。

ショッピング・モールは大繁盛だ。入口付近の大広間ではコンサートが開かれ若者のラブ・ソングが歌われた。そして奥へ進めば売り子さんが笑顔でひっきりなしに集客をしている。商品はどれも手頃でお買い得、そして品質も最高で使いやすいものばかりだ。そして店舗だけでなく、医療所や銀行のATMまであった。あと足りないのは住居くらいではないか。そんなことを考えていると、学習塾や教育関係のコーナーとなった。すると友人が、あっ、と声を上げたのである。

友人はそのスペースの前にさっと走り出した。

咳教室。

看板には墨痕もみずみずしく、筆書きで示されている。友人はソワソワとした感じでいても立ってもいられない様子だった。

「どうしたんだい？　興味でもあるの？」

「これ、これ！　コロナ禍のときは咳き込む人ばかりでとても嫌な感じだったけど、美しい咳込みの仕方を教えてくれるんだって！」

どうも友人は意識高い系なのではないか。そんな冷めた意見も喉の奥からでかかったが、スズキ青年は我慢をした。するとドアが開いて、中から小粋な羽織袴の人物が現れた。

友人は、「私は街のものです。どうか先生の咳き込み方をご指南ください！」と這いつくんばかりの勢いで言った。

先生も世慣れたもの、「ああ、新しい生徒さん？　今ちょうど時間があるから、中へ寄っていらっしゃい」と返した。

先生は食事にゆこうとしたところであろうか、いい加減な教室であるが、それでも職務に忠実な印象である。教室内に入り、先生はフード・コートに並んでいるかのようなテーブルと椅子を用意し、座るよう促した。スズキ青年は眉に唾をつける感じで、入口から半身を乗り出して観察をした。

「私は箱船の推薦で教室を設けました。世の文化状況を嘆くものです。それではお初の方ですが、これより教室を始めます。ランクは松竹梅がございまして、それぞれ春夏秋冬を念頭に置いた咳込み方がございます」

先生はいったん言葉を区切り、友人の身なりをざっと確認した。

「それではまずご参考までに、松の秋から……」

折り目正しく、先生はそう仰せになり、朗々としてゆったりとした口調で始めた。

「秋になって涼風に寛ぎます。食べ物も脂が乗って旨い季節です。そこで街へ食事に出向きます。街角にはさまざまな飲食店が並びます。手頃な店へ入り、カウンターへ座りますと包丁人は自慢の包丁捌きで美味しい料理を次から次へと作ります。あなたは調子に乗って、出てくる料理はすべて平らげました。まるで餓鬼の取り憑いた姿です。他のお客さんは呆気にとられたもようですが、あなたはその中に部署で働く女性陣がいることに気付かされます。あなたは威厳を取り繕う意味で、一つ咳をして、ゴホン……」

友人は目を輝かせて復唱を始めた。しかし先生の思し召しには叶わなかった。

「まあ、こんな調子で続けますから、ゆっくりやってゆきましょう。それでは一段下げて、竹の春です」

先生は経験があるのか、覚えの悪い生徒であっても根気よく教育を施すタイプのようだ。

「まず、散歩道をゆくと小鳥がせわしく鳴いて蝶が飛び交います。春の目覚め……。

艶のある風を指先でつかむと、足取りも軽やかに緑の木陰を踏み出します。天に浮かぶおぼろ雲は、緩やかに形を変えて太陽の輝きをにじませます。すると道先に野良猫が集い、互いに毛づくろいをしています。驚かせてはなりませんが、道を通らなければなりません。そこで一つ咳をして、ゴホン……」

友人は目を輝かせて復唱を始めた。しかし先生は悠然と構え、「これも今の貴方にはまだ難しいようだ。それではもう1段下げて梅の冬といきましょう」と続けた。

先生は蒼然とした表情を取り繕い、「季節は冬、しかしスト騒ぎが公然とまかり通り、空腹を抱えて街をさまよいます。道行く者の顔色は暗く鋼のよう、ビルディングの陰は氷のかけら。身を引き締めて街角を曲がると、疲れた労働者とすれ違いざまに肩が当たります。どうも酩酊しているようだ。注意を促す意味で、一つ咳をゴホン……」。

友人は目を輝かせて復唱した。

「季節は冬、しかしスト騒ぎが公然とまかり通り、自業自得で空腹を抱え……」

先生は驚いて、「自業自得はいらないから。それじゃあさいしょから」。

友人が復唱するには、「季節は冬、しかしスト騒ぎが公然とまかり通り、空腹を抱えて街をさまよいます。道行く者の顔は暗く鋼のよう、ビルディングの陰は氷のかけら。身を引き締めて街角を曲がると、疲れた愚民とすれ違いざまに肩が当たります……」。

先生は、「私は愚民なんて言葉、使っていないよ。困った人だなぁ……」と驚いて言った。

話を聞いていたスズキ青年はピンときた。友人は無意識に、スズキ青年のことを言っているのである。そこで注意を喚起する意味でコホンと小さく咳き込み、「それは俺のことだな?」と問うた。

すると先生は大きな身振り手振りで、「ああ、あなたのほうが上手いじゃない!」と讃えた。

友人は見下していたスズキ青年と、立場が逆になって衝撃を受けた。

旗ははためく

夜。

星座の神霊や英雄に箱船は窮屈そうな街方を晒した。

街筋は複雑な形象を示し特殊な物質が化学反応を起こしたようにも、あるいは単結晶の鉱物がきらめいているようでもある。箱船と名前のつけられる前の状態はもはや忘却された。継承の上に記憶が上書きされ、神話と伝説が区別できなくなり、箱船の市民や労働者はゆりかごの中であやされている。

そんな時間にスズキ青年はアパートメントの個室でいぎたなく眠りにふけっていた。いびきと歯ぎしりを交互に為し、幾たびか呼吸の止まる様相を示したあと、不意に長く長く、長く長くより深い眠りにいざなわれた。そして幾層もある意識の下の無意識が夢や記憶を触媒にしてスズキ青年の深層をチクリ！　と刺した。さまざまな煩悶を引き連れて夢から覚めて意識が戻る旅すがら、スズキ青年はある清澄な気分のたなびくなかで急に目覚めた。そしてふいに思う。なぜ自分はこのようなステイタスなのか。立ち上がるにはなにが必要なのか。ねばい眠気は脳裏にはなく、ただひたすら自分の人生への疑念が、生活への取り組み方と態度への懐疑が芽生えたのである。

腰を上げて窓際へゆき、外を眺めると居並んだ住居が作る暗闇の奥に箱船の住人は潜んで寝息を立てている。

ただ事ではない予感を得た。

冷蔵庫のインバーターが唸る音でさえ、なにかを暗示しているかのようである。

早朝すぐにアイオーン宮に出向いた。ここは神前にお祈りを捧げる箱船の住人でいっぱいだ。お賽銭は箱船経済を左右し、貢物は倉庫にあふれ陳列棚に並べられ売り買いがされている。ここへゆけばなんでもあるし、願い事も叶うというので評判なのである。

スズキ青年はさっそく巫師に尋ねた。夢から覚め、庶民に甘んじている状況を恥じたことを告げたのである。すると巫師は答えた。

「畑の収穫物を市場で売りなさい」

当然、労を惜しまず働いて対価を得なさい、と解釈をするものだ。しかしそう伺ったスズキ青年はいちど自宅へ戻り、近所の農場の無人直売所で売られている安い大和瓜を、背負い籠いっぱいに買い込んでそれを市場へ持ち出した。

転売ヤーである。

市場の管理人に事情を説明すると仕方ないな、という顔をして許可が与えられた。スズキ青年は茣蓙《ござ》を広げて買ってきた大和瓜を並べ、客の来るのを待った。

しかし商売文句が思い浮かばない。

「瓜だよ！　甘くて美味しいよ！」

そんな素人言葉しか思い浮かばない。商いは散々だ。日はもう高くなり気温も上昇した。なれない仕事で疲れ果て、のどが渇いた。そこでスズキ青年は商売道具に手を出した。瓜を切って食べるのだ。芳醇な果肉から甘い汁がたれた。しかし瓜は髄の部分が一番旨い。髄をしゃぶって種を吐き出して捨てた。すると客が現れたようだ。老人である。物欲しそうにスズキ青年の瓜を見つめている。

「私は金がないのだが、のどが渇いてとてもつらい。一つ恵んでもらえないか」

スズキ青年はにべもなく否とした。すると老人は「なんて情けがない人だろう。それではこの種をもらって、自分は今から畑を作ろう」と言った。

市場の隅で老人は杖を使って土をほじくり、種を植えた。するとなんていうことだろう、植えられた瓜から動物のように芽が伸び、ほんらい地に這って水平に生えてゆく枝は垂直に、天をめがけて伸びていった。

「実は私は月に住む桂男なのだ。これに乗って里帰りをしよう」と言ってぐんぐん伸びゆく枝につかまり、桂男は天へ上がっていった。月の世界に関心があったスズキ青年は、商売を放り投げてその枝につかまった。

枝はぐんぐん、ぐんぐん伸びていった。

青空はやがて蒼穹となり、濃紺の闇になって星星がうかがわれ、月が大きく見えた。枝が伸び切ると月に到着し、その傍らに御殿があった。すると桂男はたわわと実った大和瓜を両脇に抱えてスズキ青年を待ち構えていた。

「ここは本来お前のような人間が来る場所ではない。しかしせっかく来たのだからゆっくりしてゆきなさい」

誘われて御殿の敷居をまたぐと、心の中で衝き出るような言葉が生まれた。

「勝負！」

そうだ。ここは隠れ里。食器を持ち帰ると、長者になれるといういわくつきの場所だ。目のくらんだスズキ青年は、桂男がいるというのに無我夢中で食器を漁った。なにか宝具のようなブツをつかみ取ると、桂男が制止した。

「おい、あからさまなことをするんじゃない」

「自分には帰らなければならない故郷があるんだ！」

スズキ青年はそう絶叫すると、桂男の胸をドン、と突いた。桂男は突き飛ばされて御殿の外までよろよろとよろめいた。それをいいことにスズキ青年は瓜の枝に取り付き、地上へと向かった。桂男も追ってくる。箱船では市場から芽を出した瓜の枝が月まで届いたと評判だった。「あれ、桂男の魔術で育てたんだって」「月が枝に絡んで動かなくなったら時計の針が動かなくなった。地上は月の重力に影響されること大だから、異常事態だよ」

みな桂男を誹謗中傷すること限りなかった。そこへスズキ青年が、枝を伝って降りてきた。みなスズキ青年の無事を祝い、桂男へ報いようと考えた。「それじゃあこの枝を切ろう」と言い出したものがいて、大木の幹のような枝をチェーン・ソーで切り始めた。それを知った桂男はたまらない。戻るにはもう遅く、一刻も早く箱船に着こうと急いで下ったのだが、瓜の幹は切り倒され、桂男は幹から振りほどかれて地上へ落下し、たいへん酸鼻なことになった。ちょうどその場所は「箱船に敗北を迫る市民の会」事務所だった。白旗が上がっているのである。しかし桂男が地に打ち付けられたときにほとばしった血がその白旗を真っ赤に染め上げた。それからというもの、赤い旗は邪悪な存在として知られるようになった、というのである。箱船よ永遠に。

シーブ・イッサヒル・アメルのお浸し

休日。

窓辺からは日の光が降り注ぎ、ミュージック・プレイヤーは軽めの音楽を流していた。

スズキ青年は音楽を聞きながら料理を作っていた。スーパーで人魚の干物と徳用エリクサーが売っていたのである。みじん切りにした野菜を炒め、そこに人魚の干物でとった出汁を加え、カレー粉と小麦粉とラードを炒めて作ったルーを加えよく煮込んだあと、知恵の実をすって加えてトロミを出し、さいごにエリクサー数滴をよく混ぜてひと煮立ちさせた。

得も言われぬよい香り。

友人が来たところで昼食となった。ひと匙掬って口に入れると、まずスパイスの刺激によって人魚の干物のダシがふわっと広がり、野菜の旨味と知恵の実の酸味が、エリクサーの摩訶不思議な芳香と調和し、なにか意味深い過去を思い出させた。

ああ、こんなカレーライスもあるんだな。

そんなことを思いながら友人は二杯平らげ、スズキ青年は三杯おかわりをした。腹も満ちてインスタント・コーヒーを飲んでいるとカフェインによって意識が高ぶる感覚がわかるのである。

いや、高ぶり過ぎだぞ。

そう思うのだが、立ち上がって窓辺へゆき箱船の街角を眺めると、足元の感覚が力強くなり、呼吸も荒く、そして深くなった。友人は両手を床について身震いしている。ああ、妖獣変化を始めた。カレーライス、うまかったな……そう声に出したが、喉頭から衝き出る声が自分のものではない……くらくらとしためまいがせん妄状態を呼び起こし、スズキ青年は意識が遠のき床に倒れ伏した。

不死者になるという人魚の干物の成分と起死回生を促す徳用エリクサーの効能がケンカしているのではないか。

最後に友人の言葉にはならない咆哮が耳朶《じだ》をうった。ちょっとしょっぱかったよ……友人の吠え声をスズキ青年はそのように解釈をし、急速に遠のいてゆく意識の中、市民感覚と労働者との乖離を嗅ぎ取った。

ギルガメシュ王、ギルガメシュ王……誰かの声が聞こえる。

無意識の深層に沈んだ意識が急速に拡大し、その声を捉えた。次に体を揺さぶられた。うたた寝のスズキ青年は自分の知らない誰かを呼んでいるのだと思った。そして意識と身体が一致すると自分を呼んでいるのだと認識した。

ギルガメシュ王は徹夜の会議の後、神殿へ御輿に乗ってゆく最中につい居眠りをしてしまったのだ。下僕の官吏が切迫的に「御身体にお触れして申し訳ありません。しかし事件が起こりました」と伝えてきた。

「なんだ？」

「王宮から神殿へ続く道は敵国に知れ渡っております。そこで今回は幹線道路から離れた田舎道を選びました。しかし小道に差し掛かり辻を曲がったところ、道を譲ったという言い分の一介の人民が御輿の端に触れ、怪我をしたと異議申し立てをはじめまして……」

「……」

「ここは穏便に補償に布か小麦かを渡して解放するのが良いかと」

するとと神殿から派遣されている神官が息せき切って駆けつけた。

「あの男、提示した補償が些少だと触れ回っています。怪我をしたとして、もう訴訟をすると息巻いております」

官吏が「もしやこちらの内情を知っている間諜のたぐいなのでは？」と応えた。

暗い表情の神官が「しかし辺りの農夫が観衆になってあの男の触れ回りを耳にしている。王の御輿が人民を傷つけてしまったという事実性は動かしがたい」と返答した。

顔を紅潮させて官吏は「なにを申すか！　それこそ国家の沽券に関わること。王よ、かんたんに謝罪してはなりません」と強まった声で進言した。しかし神官も、「なにを申すかとはこちらの言葉。見よ、周囲の観衆を。沽券に拘る小心さを内心あなどる風情ではないか」と譲らない。

官吏は構わず、「謝罪をするとなると、身内への罰則も必要です。王はあの元気な怪我人を前に、担ぎ人を罰せますか？　沽券にこだわるには理由があります」と興奮して言った。

紅潮させていたが今では諦めるかのような黒ずみを顔色に浮かべ、官吏は告げた。

ギルガメシュ王はしばらく放心するかのような顔をし、意識が戻ってこう告げた。

「もうよい。補償はこれ以上しなくてよい。そして代わりの御輿を用意せよ」

神官が難じた。「どういうことですか？」

「代わりの御輿を用意したら、この御輿を観衆の前で鞭を打って罰するのだ。担ぎ人は庇われ、補償も増加されず、観衆は見世物を見せられた気分になるだろう」

官吏と神官はそのように手配をし、そのように為した。怪我人からはそれ以上文句は出ず、観衆も満足をして去っていった。ギルガメシュ王は用意された新しい御輿に乗って神殿への道を急いだ。


御輿はひなびた田舎道から農道に向かった。衛兵を先頭に従者が続き、御輿のさきに常駐の官吏と派遣されてきた神官が侍った。なにごとか会話をしている。ギルガメシュ王は聞き流しながらぼんやりと考え事を続けた。神殿の上層部の呼び出しであれば出向かないわけには行かない。なにごとかが起こったのだ。それにしても官吏と神官は熱心に話している。官吏は不満を口にした。

「見たか、あの観衆を？　問題解決に積極的に働きかけるでもなく、ただ見世物を消費するかのように事件を眺めていた。あれではだめだよ」

それを神官がなだめる。

「人民というのはああいうもの。ギルガメシュ王の支配下に置かれ、神々のご加護を拝領いたしたい、とぼんやりと思っているだけで、そんなものではないかな」

「だがあの居眠りをしているような人民が、我々と同じように国家を目的とすることで、この国家はより豊かに素晴らしいことになり、彼らにも大きな見返りが与えられるのではないか？　それに気づかせ能動的に働きかけさせる環境を作ることがわれわれの使命なのでは」

「地上の出来事をそう荒立てしたところで、運命は天上で決まっているのだからしょせん虚しいこと。神々に仕える身にしてみれば、平穏な生活の中に祖国を思う気持ちが育まれるのだと思うよ」

「しかし地上の対価によって神殿も運営が可能なのだから、神々のご協力をぜひともお受けして……」

官吏は働きものであり、神官は大人の風貌を持っている。

二人の会話はいつまでも続いた。農道はどこまでも延びてゆく。

ギルガメシュ王は御輿の明り取りから視線を農地に送った。今年の作柄はよろしいようだ。飢饉になると大変だ。生かす者と見捨てる者を選ばなければならなくなるから。天候は神々の配慮によるが、農地を耕す農夫の自助は地上のものだ。人民は平穏な生活を望むが、長い平和によって生まれる腐敗を神々はお好みにならないのである。食物の腐敗は栄養素があるからこそ起こる。つまり国家の幸福に腐敗が忍び込むのである。しかし国家が幸福である状態を悪だとし始めると話にならない。国家こそが幸福だからである。そんなことをぼんやり考えていると、農地はふたたび農村となり山道になった。衛兵が「これより上り坂になります」と告げた。神殿は奥山にある。担ぎ人は前後で角度をつけて御輿を水平に均した。座りの悪くなった座卓に両腕でしがみついた。山道は延々と続いた。しばらくゆくと御輿の安定がさらに悪くなった。

官吏が従者となにごとか相談している。やがて官吏がギルガメシュ王に「休憩を入れたいと存じ上げます。王は御輿に長らく揺られてお疲れのことでしょう」と進言した。

「こちらから申し出ることだったが、気づかなかった。皆のもの、十分に休んでくれ」ギルガメシュ王が間違いなく地上に足を踏み入れることを確認すると、担ぎ人は解放された安堵の表情を見せた。

山道の中腹である。切り立った断崖が脇にあって、こんなところを登っていたのかと思うと冷たい汗が背筋に走った。

官吏と従者が話し合っている。

「こんなところで休憩を取るのであれば、先の農村で取るべきだったな」

「農村で取ると大騒ぎになるではありませんか」

「そういうときこそ王の権力を示す格好の好機ではないか」

「あなたは先ほど怪我人が出たとき、慌てていたではありませんか」

「な、なにを馬鹿なことを……」

切り立った断崖の先は王国の一端が眺められた。善くもあり悪くもある社会である。みな思い思いの格好で休んだ。早朝から歩きづめだったが、担ぎ人は威勢よく焼き菓子を噛み砕きぬるい水を飲み干した。ギルガメシュ王は謹厳そうに言葉を出した。

「われは神殿に呼び出され、頭がいっぱいになった。しかしわれは自分の故国でさえ、独りでは出歩けぬ身である。だから一休みしたらもうひと踏ん張り、頼むぞ」

下僕は明るい歓呼の声で応えた。やがて食料もそれぞれの胃の中で消化が始まり、栄養が体内に循環した。心持ち落ち着いた感触を得ると官吏が担ぎ人や従者に声をかけた。担ぎ人が坂で支える神輿にギルガメシュ王は乗り込むと列はさらに進んだ。

夕すぎに神殿にたどり着いた。みなクタクタだった。神殿を運営する事務官長がギルガメシュ王と下僕を出迎えた。丁重に、懇ろに挨拶をし合った。派遣された神官は報告のために館内の奥へと消えた。他の下僕は休憩室に入り、常駐の官吏のみを手元に置いてギルガメシュ王は応接の間へ通された。

事務官長は以前会ったときよりやつれて見えた。単に仕事の気苦労だけではないもようだ。荘重な応接の間は広々としていた。長いテーブルを間に、事務官長と対峙した。

憔悴した表情を隠さず、事務官長は告げた。

「じつは一昨日、付属の尼僧院で事件がありました。なにものかが若い尼僧に憑依し、口伝えで言うには、『自分は創造の女神アルルであり、悪王ギルガメシュを討つため、野に野人を放った、人民よ恐れおののけ』と哄笑のち、意識を失った、と」

「悪王というのは他国の情宣だ。いつも迷惑している。そなた、なにがいいたい」

急に気色ばんだ印象のギルガメシュ王に、言葉の選択を誤ったことを悟った素振りで事務官長はうろたえた。

「言葉を正確に導き出しました。他意はございません。私の王国への忠誠心をお疑いになさるのでしたら、たいへん遺憾に思います」

「神官長さまはどのように？」

「我々には計りしれませんが、神殿の奥にこもって出てこられません。尼僧に取り憑いたのが野孤のたぐいであればなにかお言葉を頂戴できたところでしょう。そうでないというのであれば、これは実に創造の女神が取り憑きあそばされたか……」

ギルガメシュ王はそこに真を見た。

「野人と申したな？　どのようなやつだ？」

「そこまでは……」

「野というのは王国の周辺の荒野のことだろうか？　それとも社会の周辺の紐帯意識の薄れている人民のことだろうか？」

「女神と申されましても女のやることでございますから、王に置かれましてはそのお力を発揮していただいて、まずこちらからはご報告まで……」

「重要な報告だった。参考にして努めよう」
「祖国に栄光があらんことを」
「われわれのやりとりが今後の大きな成果に繋がり、祖国の発展の礎になることだろう」

ギルガメシュ王とその下僕たちは、往路に疲れたために神殿の宿舎に一晩の宿をお借りした。神職に関わるものの取る食事をともに取り、特別に酒が振る舞われた。派遣されていた神官が再び現れ、事務官長に再度ギルガメシュ王の付添に選ばれたと告げた。常駐の官吏と酒を酌み交わして親睦を深めていた。ギルガメシュ王は特別にしつらえた高座でそのさまを眺めていた。疲れ切った胃の腑に酒精の芳香が染み渡った。ゆっくりと菜食を口にした。そしてかんたんに湯浴みをして寝所へ出向いた。神殿なので臥所《ふしど》の相手はいないことを断りに来た神官は、寝所ですでにいびきをかいて寝ているギルガメシュ王の姿を確認して安心した。

神殿の雰囲気は簡素で平易だ。国家よりも長い時間、その価値を守ってきたのである。故郷が基礎とする仕組みすら幾度も変更がなされてきた歴史に、深い影響を与え続けた神殿には皆が敬意を持って接していた。

疲れのために深い眠りにいざなわれたギルガメシュ王はこんこんと眠り続けた。しかし人は一定のステイタスを維持することはない。8時間眠れば8時間働き、8時間休むようにできているため、睡眠も時間とともにその内容に変化が起こるのである。眠るという営みは不思議だ。単に体を休めるのであれば、リラックスできる場所で脱力する姿をとればいいのであるはずだが、生き物は脳を休めるために睡眠を取り、記憶や無意識を整理するために夢を見るようである。深い睡眠があれば浅い睡眠もある。無意識の中に意識が完全に埋没した後、意識が覚醒する手前の浅い段階で記憶や無意識に混入して、神々の言葉や働きかけが介入するのである。ギルガメシュ王は深い眠りから浅い眠りに移った段階で、そうした夢を見た。あえかな夢の中では、もうすでに遠くに去った人々の生活する真ん中で笑ったり悩んだりする光景に出会った。もうすでに去って久しい人々の生活に寄り添い、夢の中では自由で生き生きとした人生を送った。

夜半、ギルガメシュ王は目を覚まし、いま見た夢を思い出した。見も知らぬ都市に見も知らぬ友人と、胸襟を開いて闊達《かったつ》に笑ったり怒ったりする生活を。霊性を翻して夢は途絶え、神殿の夜は深々と更けてゆく。再びまぶたを閉ざした。

夢の記憶は眠気のさらなる到来とともに急速に遠ざかった。

意識はふたたび深層に沈み込んだ。深く深く沈下するとやがて安定した眠りとなり、ギルガメシュ王は安らかな寝息を立てた。

人類に対して神々がことに優位な点は、時間に遮られたり阻まれたりしない点である。ギルガメシュ王の深い睡眠によって長い時間が支払われたが、神々は沈黙のうちに待った。そして安定していた深層の意識はやがてゆっくりと浮上をし、覚醒するほどではないが脳が記憶や無意識を再び整理し始めた段階で、神々は再び介入をした。夢の中で、一度目の夢の中で仲の良かった友人が、自分に対して挑戦をするのである。ギルガメシュ王は辛さや恐れを抱いた。そこで目を覚まし、いま見た夢を思い出した。味方がことごとく離反してゆく予感である。神々がそのような恐れを自分に仕向けているると自覚をした。体中が冷や汗と脂汗である。そしてもう東の方は白ばみ始めている。創造の女神アルルは確かに尼僧に取り憑き、その印象をいま自分のものとしたのである。王国への義務感が神々によってこじ開けられている……。窓辺に寄ってもう眠るまい、としたが睡眠による解放感には程遠く、ただ疲れがまなじりを中心に心身深く刻み込まれていた。

宮殿に帰還し、雑務に追われて数日が過ぎた。常駐している官吏が告げた。

「荒野で生活している猟師が言うには、野人が現れた、とのことです。野生の動物と生活をし、猟師の仕事を邪魔するとの訴えです」

ギルガメシュ王の胸に、ハッとした衝撃が走った。そうした動揺を官吏は捉えた。訝しげに、「神殿の事務官長のお言葉と符丁いたしますが、いかがなさいますか？」と尋ねた。

伏し目になってしばらく沈黙し答えた。「野人というのは人間の生活の良さを知らぬために野に生きるのだろう。なにか理由があるのだろうから、その訳を知りたい」

「それでは私にお任せください。善処いたしますから」

いっしゅん野卑た笑いを浮かべ、官吏は去っていった。後の報告を聞くと、神殿ぐらしから脱落し身を持ち崩していた元尼僧を送り込み、抱かせて咥えこませた、というのである。そして王国内に生活をさせ、服を着せ精油で髪を櫛らせたらしい。ギルガメシュ王はその報告にやや安心した。

「女神アルルの霊言は大したことではなかったのだな。それではその野人がどのような人物なのか、いちど連れて参れ」

余裕の生まれたギルガメシュ王の心に、好奇心が芽生えた。官吏は自分の仕事がうまく事運ぶことができて得意のようだ。

「それではお連れいたしましょう。姿は二本足の野獣です。これも天の配剤なのでしょうが、あのような獣人がなぜこの世に送りこまれたのか実に不思議です」

翌日、謁見することになった。王宮の応接の間でギルガメシュ王は待機していると、官吏のあとに聖娼が、彼女に続いて異様な面体のものが現れた。有蹄類のような面長な顔に筋骨隆々とした体つき、そして二本の足の膝が裏に備わり、蹄があった。ギルガメシュ王の脇に侍る近衛兵が緊張した態度をとった。野人は急に鼻息荒く興奮を始めたからである。野人はとつぜん絶叫し、ギルガメシュ王に食ってかかった。まず官吏が取り付いて押さえ込もうとしたが弾き飛ばされ、衛兵が棍棒を持って押さえ込み、ようやく制圧できた。

官吏は撃ちつけられて受けた苦痛を顔色に表しながら、「けしからんやつ、独房にぶち込んでおけ」と命令した。

一人の衛兵が懲罰房の役人に取り次ぎ、別の衛兵が数名付き添って野人は連行された。聖娼には数反の布と小麦粉を与えて役を解いた。

「今回の件に付きましては、官吏として監督の行き届かなかった点をお許しください。厳正な処罰をどうかこの下僕にお下しください」

「いや、野人と面会したいと伝えたのはわれだし、もっとも苦痛な仕打ちを受けたのは汝である。そして有能な部下を懲罰し、国家が機能不全となればさらなる損害となる。今回は沙汰無しとする」

「それではあの野人、いかがいたしましょう？　裸にして街を連行してさらし者にいたしますか？　それとも鞭を打って思い知らせますか？」

「いや、われに考えがある。心の中で整理ができたら開陳する」

ギルガメシュ王は野人の荒ぶるさまを恐れ、内心おだやかならぬ状態なのだ、と官吏は忖度した。

「ご一服いたしましょう。香草を焚いて、穏やかなお飲み物を用意いたします」

「いや、汝も休め。激しく撃ちつけたであろう」

労られた官吏はその場を辞退し、やがて新しく現れた侍従者が休息室へ案内した。

焚かれた香草の香りが立ち込め、果実を絞った飲み物が運ばれてきた。ギルガメシュ王がゆっくりして考えるには、あの野人はどこかで会ったことがある。それも友人のような、頻繁に交友した仲だったのではないか。しかしいつどこでの知り合いであるのか、まったく意識に上らないのである。香草の香りを肺の奥まで吸い込むとその成分が野人の激怒した影響を和らげてきた。ギルガメシュ王はしばらく思案にふけった。

それからというもの、独房の前ではギルガメシュ王が野人との会話を試みている姿が目撃され、話題となった。第三者が目撃するところでは、問いかけを続けるギルガメシュ王に対して、野人もやがて理性的な言葉で応答を始めた、というのである。冥界の真実、この世の果《はて》にウトナピシュティムという不死者がいる、といった話を野人はしたと噂された。常駐の官吏が見届けるところでは、野人は自らをエンキドゥと名乗り、迷妄の境地をすでに脱し、ギルガメシュ王に対して臣従の志を述べるに至ったさまを確認したのである。

常駐の官吏は進言した。なにか功績があって取り立てるのであれば理解ができるが、功績どころか鼻息荒く押し迫った輩を取り立てるとなると、組織にけじめがなくなってしまう。

しかしギルガメシュ王はその意見を退け、エンキドゥの言葉を解して従者にすると取り決めてしまった。

それに官吏はへそを曲げた。王の英明なるところを尊敬しているだけに、自分の話が通じない状態を不平に思ったのである。

しかし不平だからといって仕事を拒絶するわけにも行かない。それでも有能な官吏がそのような苦衷にあることは、周囲の人間は理解した。その噂はギルガメシュ王の耳にも届いた。王は煩悶した。エンキドゥを懐かしい友人のように思いこそすれ、常駐の官吏は有能で他にとって代えることができないのである。そこでギルガメシュ王は常駐の官吏の面子を立てる方針をとった。近隣の杉林を伐採し資産とする大掛かりな案件があったので、それを常駐の官吏に一任しようとしたのである。なにも功績のないエンキドゥを取り立て、それを身をもって進言をした官吏の意見を無視し、不平感を抱かれた印象をごまかすやり方である。常駐の官吏は働きものである。それにその案件は彼が持ち出したものだ。いっときの不平感は忘れることにし、官吏は仕事に邁進した。

杉林には他国からの移住者が住み着いていた。官吏はギルガメシュ王から全権を委任されその仕事についた。官吏はあたかも王が為すかのように、王の名のもとに移住者を追い払い、杉林を伐採した。つまり移住者は強制排除をされ、血が流されたのである。杉林を伐採してその場で木材に加工し、次から次へと王国の中心にほど近い保管所に搬送された。その木材とともに、血の流された移住者の噂も王国内に運び込まれた。ギルガメシュ王は宮殿の内部にエンキドゥの居室を作り、そうした上で流れてくる官吏が仕事を万事こなしているという報告を聞いた。しかし官吏は移住者の強制排除の報告はしなかったのである。

ギルガメシュ王は内心、得意となった。

万事仕事をこなしているという意識と、世評に乖離が生まれた。

そしていつの頃だったろうか。保管所が伐採された木材でいっぱいとなり、搬送を止めるよう官吏へ司令を出した夜、ギルガメシュ王は夢を見た。今度は明晰夢である。夢の中でこれは夢であると意識されるが、夢の中から脱出ができない状態となった。地平線が遥か彼方まで見える荒野に、川が流れている。もの苦しい孤立感の中、その出口を探した。

川下へしばらくゆくと、岩陰に人がいる。

美しい女だ。

自分を待ち伏せしていた。女は言った。

「妾は美の神イシュタルである。優れたおのこをわが配偶者とすることを喜びとする。あなたは配下を取り仕切り、王国の運営を差配した優れた王である。今生、まず間違いなく最も優れたおのこであろう。近う寄れ、苦しゅうないぞ」ギルガメシュ王は知っている。イシュタルは神を名乗りはするが悪女である。王は尊大に構えた。「汝の配偶者への扱いはひどいものだと聞いている。われが高名でいるというのは人民が優れた見識を持っているからだが、女に道具のように扱われてしまうと人民に申し訳ない。そういうわけであるので、汝の申し出は受けることはできないし、この閉ざされた夢の中から一刻も早くわれを解放するよう要求する」美の神イシュタルは密かにほくそ笑み、そして嘲笑って非難がましい抗議をした。しかしあっさりとギルガメシュ王を明晰夢から解放した。美の神イシュタルは神々が反撃する口実を得たのである。

ギルガメシュ王が明晰夢を見た数日後、農地から報告があった。偶蹄類《ぐうているい》に垂涎と水疱の症状が現れ、高熱で次々と倒れ始めた、というのである。

疫病だ。

その報告を受けたギルガメシュ王は慄然とした。都市へ運ばれる農産物に大きな影響が生まれることだろう。食に飢えた人民はどう反応するか？

それはわかりきっていることだ。

別の報告では、もう人民にもその情報が入り、食料の争奪戦が始まったという。どこから情報を得たのか、神々が悪王へ報復を始めた、という噂で人民の間ではもちきりであるようだ。神々は天の牛を遣わし、この国家を踏みにじろうとしている。農村の専門家は、この疫病に罹患するともう治癒はしないから、牛も豚も屠殺をしなければならないという。

ギルガメシュ王は素早く下僕へそう命じた。そこへ今までの官吏が戻ってきた。情報は伝わっているようだ。「自分を現地へ派遣してください。必ず成果を出してみせます」

「その前に、エンキドゥを安全な場所へ移してほしい。彼が疫病に罹患するようなことがあってはならない」

「そんなことをしている場合ですか！」

「なにをいうか！　世人がわれに悪評を立てるのは、杉林の移住者を汝が暴力で排除したためであろう！」

常駐の官吏は強い怒りを内に秘めたまま「それでは善処いたします」と言ってその場を辞退した。今のは感情的だったな、と急に悔いる気分になった。鉄火場になって使える手足よりも自分の私情を優先した。そして仕事をさせて労うこともなく、自分のために働いた手足に自己責任論を押し付け、自分を庇ってしまった。

自分は血迷っている……。

強い激情と自己否定の念が脳裏と胸中を占めた。

しかし発話は撤回できない立場である。

王宮の外でいま一体なにが起こっているのだろうか？

報告は正確だろうか？

そんな疑問を不意に思った。そしてハッと思いついた。自分も視察へ出かけよう。外の空気を吸い、生の人民感情に触れよう。ギルガメシュ王は別の下僕にそう命じた。

するとその下僕は、「王のお出ましには及びません。私たちがうまく事を運ばせますので、どうか玉座にお座りとなり、どっしりとお構えください」と言いづらそうに言った。

その言葉にギルガメシュ王は是とも非ともできなかった。腫れ物に触れるような扱い……。そう肌身に感じた。そう思えば、王宮内の出入りも、いつもと違っている。深刻で重篤な問題が発生はしたが、自分のもとに情報が入ってこない状況を、とうう感知した。疫病が食糧難を起こし、人民が離反してはいるが、官僚組織が防波堤となっている状況なのではないか。つまり人民は疫病の責任をギルガメシュ王に求めている状況である。のんびりと視察へ出向いたら、人民の離反するさまを知り、自分はなにをするだろうか？　冷や汗と脂汗が流れ、ギルガメシュ王はまんじりと身動きもできず玉座に着座をし続けた。

ときおり流れてくる報告では、畜殺をしてもしても疫病の広がりを食い止めることができない難局が続いたようだ。飼料を通じて罹患する傾向にあるところから、人民の食料も大幅に不足をした。王宮の警護に軍隊も交じるようになった。人民の反乱が目前である。憔悴をするギルガメシュ王。そこへ完全武装をした2人の兵士で脇を固めた常駐の官吏がやってきた。固く死にゆくような顔をして「王様、大変なことが起こりました。エンキドゥ殿が疫痢にかかってさきほどご逝去されました……」と報告をした。

戦慄でわなわなと身震いが起こり、強烈な寒気に肝胆がさらされた気分になった。言葉が生まれない。官吏は死んだような顔を一つも崩さないが、ギルガメシュ王は自分はいま神々に殺されたのだ、と思った。

エンキドゥとの縁は、いま病に襲われやつれはて断ち切られたのである。

「エンキドゥ殿への思慕の感情は、王様にとってかけがえのないものでありましょう。私は王様とエンキドゥ殿との間でどのような交流があったのか存じ上げませんが、彼の健やかなる生きぶりに王様が触発されてはつらつとされることで臣下もまた喜びといたすところです。しかしエンキドゥ殿の残念な終末を、王様のお耳に添える役目は果たさなければなりませんでした。どうか彼の死を一刻も早く乗り越え、ご執務に取り掛かる支えをさせてください。臣下として、王様の立ち上がる姿を拝見いたしとうございます」

しかしギルガメシュ王の心は那辺も今生にはなかった。王は独り玉座に居座り、何人も室間にいれることはなかった。そのまま日が暮れて闇夜となった。疲れ果てていたが気が滅入って眠る気分でもなかった。

創造の女神アルルの仕打ちとは、自分の前にエンキドゥを現し、そして奪って心に空白を埋め込むことだったのではないか……。

いまエンキドゥを悼む心の空白に、死が舞い込んできた。人の最期を、エンキドゥによって知らしめられたのである。

死ぬということ。

そんな観念に囚われた。このように優れた業績を持った自分が、枯れ葉が舞い落ちるかのように死ぬだなんて、神々の思し召しの苛烈さから、ギルガメシュ王は慚愧に堪えない思いを被った。七回身震いするごとに玉座から思い起こして七回立ち上がろうとしたが、その都度思いとどまった。すると、思い当たることがあった。

この世の果てにいる不死者のもとへゆき、自身の窮状を訴え、心の棘を抜いてもらいこの死を恐れる心を癒やしてもらおう、と考えたのである。

ギルガメシュ王は持つものも持たず、玉座から去り王宮を出、厨房の勝手口にかけてあった調理人の外套をかぶり外へ出た。すると自分を王と認めるものはいなくなった。そして広大な宮庭を抜けて裏門に向かった。篝火を焚いた衛兵がたむろしているが、彼らは王に一瞥を与えただけで無視をした。王は丘の向こうの、河口に住むという不死者のもとへ向かった。


暗夜。

長い荒野の一本道である。

調理人の外套を脱ぎ捨てると、ギルガメシュ王は自分の後ろから誰かがついてきて、追い抜こうとすることに気づいた。ぼんやりとした光を放ち、神々しい身分のようだ。問うた。

「汝らは誰だ？　こんな夜遅く、どこへゆこうというのだ？」

神々しい者たちは答えた。

「私たちは国家の祖霊です。この国の運命は決したので、去ろうとしているのです」

「なにを言うのか、祖霊よ。我が国を守り給え。我らとともに歩み給え」

祖霊は薄く笑って、「なにを言うのですか。王たるあなたがこの国家から去ろうとしているのに、私たちを拘束してなんとするのですか」と言った。

「われはまた蘇り、帰還するためにいちど去ろうとしているのだ。祖霊よどうか思いとどまり、我が国家を鎮護せよ」

話にならないな、というふうで祖霊たちは先へ歩いていってしまった。すると今度は向こうから現れたものがある。国家へ向かって歩いてゆく。

「汝らは誰だ？　こんな夜遅く、どこへゆこうというのだ？」

新しい人間は答えた。

「私たちは愛国者です。長い平和のゆりかごに眠り続け、おくびを漏らしてさらなる幸福を勝ち取ろうとする人民とともに生きたいと存じ上げます」

「なに？　愛国者だと？」

ギルガメシュ王は内心、思った。これから国家は滅亡するというのに、これから国家へ行って愛国者として生きようとするとなると、彼らには大きな不幸と困難が人生の前に待ち構える運命にあるのではないか。そしてそう促すのは自分なのである。ギルガメシュ王こそ、愛国者に向かって不幸になるよう促しているのだ。

ギルガメシュ王は身悶えした。しかし愛国者は自分が不幸になることも知らず、洋々と国家へ進出していった。それでもギルガメシュ王は荒野の一本道を往った。

次にはまた誰かが向こうからやってくる。怪しい素振りの、怪しい一団だった。

「汝らは誰だ？　こんな夜遅く、どこへゆこうというのだ？」

「俺たちは疫神だ。これから国家は傾くから、そのきしむ音や人民の悲鳴をたっぷり堪能しようと思ってやってきた。人が謀反を起こしたいと願い、失敗した者を笑う人民が同胞だ」

ギルガメシュ王は身震いをし、心底おそろしいと感じた。そうこうしていると丘までたどりついた。丘には尻尾のある番人がいて待ち構えていた。王は口を開いた。

「われはギルガメシュ王である。不死者に面会いたしたく、ここまでやってきた。この顔を見て、通行をお許しされたい」

番人は難儀そうに言った。

「この先にゆくということは、半ば死ぬようなもの。一国の王だからといって、生きたまま通すわけには行かないし、王だからこそ生きて国家を守護することで王たる一身となるのではないか」

ぞんざいな口利きにジリジリとした気分になったギルガメシュ王は、「いや、是が非でも不死者にお会いしたい。お会いして尋ねたいことがある」と言った。

それならば仕方がない、と思った番人は門を開けた。


その先はさらなる闇の世界だった。

長い長い闇。

手探りで進んでゆけば罠が待ち構え、驚いて引き下がれば嘲笑が立ち上り、進むにしても引き下がるにしてもにっちもさっちも行かない混沌な様。

自分は死んだのだろうか?

それとも、闇というのは現世のままならぬ社会のことなのだろうか?

恐怖と怒りが喉の奥まで出かかり、生まれたことを呪った。それでもギルガメシュ王は歩いた。歩き続けた。やがて向こうにぼんやりとした光が見える。農園のようだ。

宝石のように輝くぶどうが、たわわとなって実っているのである。

農園の奥に居酒屋があった。

女主人がギルガメシュ王を哀れんでいわく、「あなた様のような高貴なお方がこのような場所へいらっしゃるなんて、めったにないことです。ここを訪れるというのは、切羽詰まったご事情があるのでしょう。しかし人として生まれたからには、人として生まれた場所へ戻ることがこの世の習わし。子供を楽しませ、配偶者を幸福にし、清潔にして伸びやかに生きる選択肢があったのではありませんか」。

急な言葉が、ギルガメシュ王の癇癖《かんぺき》さを刺激した。

「そんな余裕のある人生なんてわれにはなかった！　国家に尽くすことだけが目的だった。われには国家こそが命なのである。危機が人民を飲み込むのを黙って見守り、ギリギリの状態になって初めて打って出る連続に余裕などない。ここへ来たというのも、不死者にお会いして自分の心の傷を癒やし、国家へ取って返して体制を立て直すことが目的である」

急な王の怒りに女主人は過剰反応をし、居酒屋の入口を閉ざした。怒りの収まらないギルガメシュ王は、あたりにあった酒瓶や像を引き倒した。すると女主人は被害甚大なることを憂いて再び現れて曰く、「私めは国家の王たるものに対して、呑助《のみすけ》を相手にするかのような無礼を働いてしまいました。手打ちにされるというのであれば自らを不憫に思いますが、このさい逆らうことはいたしません。ですがもし王に寛恕の気持ちがお有りでしたら、商売に生きることをよすがにする女の売口上を、どうかお許しください」。

そうか、という気分になってギルガメシュ王は尋ねた。

「これから河口に住む不死者にお会いできるよう手配を願いたい。国家の大事である。どうかたのむ」

すると女主人は店から出て、船頭を連れてきた。船頭は自分が不死者の従者であることをギルガメシュ王に伝えた。

「それはちょうどいい。ぜひ案内を頼む」


居酒屋の脇の小道を通り、大河のほとりに出ると船着き場に1艘の小舟が浮かんでいる。ギルガメシュ王は船頭とともに小舟に乗り込んだ。小闇の中を船頭が櫂を漕ぐと小舟はゆっくりと進んだ。水質は灌漑に適した泥土を多く含んでいる。下流ということもあって川幅は広く、彼岸まで果てしない。水流は複雑で船頭は巧みに櫂を漕いで小舟を渡している。

小闇のなかに慣れてくると水面に様々なものが浮かんでいるのがわかる。上流でなにかあったのだろう、生活道具の一片や人の服だ。

あれは人ではないか。

国家で大事が起こり、その被災者なのではないか。

ギルガメシュ王は戦慄して水面を見た。

あれは常駐の官吏、あれは派遣された神官……。

そんな水死体を舳先は器用にかいくぐって進んだ。まったく事態は深刻である。最悪な状況と言ってもいいだろう。すると船頭が重々しく口を開いた。

「水面を眺望されますと、いろいろなものが浮かんでまいりますが、あれはこの水辺に住む妖魔が魅せる幻影です。王にはどうか、正気に帰っていただきたい」

ああそうか、そういうものなのか。それではこの船頭は果たして人なのか。人であるからには心があるだろう。

「われは国家から追い出されるように逃げ、迷走の果にこの地へ参った。もう再起は難しいかもしれない。われは果たして、もとの此岸へ戻れるだろうか？」

「川の水は上流から下流へ下ります。王みずから発した言葉も、国家の運命も、上流から下流へ下ってしまってそれまでです」

冷ややかな感触が伝わってきた。船頭も人であるよりは妖魔であることだろう。これ以上多弁は無用だと思い、船頭に櫂を漕がせるままにした。

櫂が取付金具に擦り付けられる不快な音だけが響いた。

漂流物も死者の群れも小舟とひと塊になって下流へと流れた。振り返ると航路が小波となって静かに連なっている。小闇は晴れることなく、暁闇のような寒気にギルガメシュ王は震えた。

死への恐怖は心の中で自分と一体化を始め、死への欲動に生まれ変わったのである。この水面に飛び込んで漂流物や死者と一体となれば、もう戦わなくてもいいのではないか。長い戦いだった。実りはなく、果てしない。そんな想念に支配され、これから不死者とお会いしてどうするのだろうか。漠然と疑問を感じた。

彼岸へとたどりつくと、船頭は静かに川岸の奥へ消えた。夕霧なのか朝靄なのかわからないが、視界が遮られていた。とりあえず、奥へと進もう。船頭の後を追った。河原の流石を乗り越え、珍妙な形をした流木をそれてゆくと一軒の小屋があった。明かりがついている。

小闇の中で船頭が、「私は待機しています。扉をお開けくださいと囁いた。強い緊張感で胃の腑が傷んだ。しかし不死者にお会いしないわけにはいかない。人を喰って猛る鬼のようだろうか？　生命を消尽し、人の形をかろうじて守ろうとする霊のようだろうか？　扉を開ける前に咳を一つして、ノックをした。どうぞ、という声が返って来たので開けた。するとどこにでもいるような、生活臭のする老夫婦がいるばかりだ。老女が土間の薪ストーブでなにかを煮込んで、奥で老爺がくつろいでいる。

ギルガメシュ王は息せき切って語りかけた。会えた感動だとか、これまでの苦労が喉の奥からこみ上げ、わめかんばかりの口調で訴えた。

「お会いしたく存じ上げました。自分は国家の王たる身ですが、国家昏迷の窮地に陥り藁をもつかむ気になってここまで参上しました。あなたは不死者であらせられますか？　どうか自分の心を占める死への恐怖と、死への欲動を取り除いてください」

老爺が答えていわく、「いかにも私は不死者である。王におかれては難儀な長旅であったろうが、この世とあの世の境目に生きる身には、この世の秩序よりも優先しなければならないことがいくつかあって、その訳をお教えしよう。まずむかし、自分は港町で生きる人民だった。しかし神々は大御神アヌが生んだが、アヌの助言者であるエンルリ神が私に否定的であったようだ。自分は港町にいられなくなった。しかしエア神が現れ、自分に助言をしてくれた。関係は不明であるが、人はイシュタル神が粘土から作ったが、イシュタル神が邪《よこしま》な発言をし、神々がお怒りになって洪水を起こし、人をもとの粘土に戻そうと考えていることを。そこで私は箱船を作り、その中に仲間や有能な人、野の生き物を入れて洪水を待った。やがて暗い雨雲が押し寄せ、冷たい雨が降り注ぎ始めた。箱船はそうして発進したのだ……」。

「それが箱船の起源……」

ギルガメシュ王の意識を占める死への恐怖や、死への欲動はその言葉が突風となって混乱して渦巻き、千々に千切れた。無意識の底に安定していた澱のような記憶が気泡をまとって再生し始めた。ギルガメシュ王はこみ上げてくる別の世界の記憶をまず不快に思い、おし止めようとして毅然と振舞うよう努めた。

「お話を続けてください」

不死者は続けた。

「降り続く雨は洪水となって現れ、大嵐となって箱船を揺さぶった。神々も私たちを粘土に戻そうとやっきだ。しかし箱船は耐えた。洪水は六日六夜続いた。そして七日目、ようやく雨はやみ洪水は引いていった。しかし箱船の居場所は大洋のようである。そこでまず鳩を放つと、周囲に止まる場所を認めることができなかったために戻ってきた。次に燕を放ったが同様だった。ついで烏を放つと、烏は水の引いたのを見て陸地へ降り立ち、戻ることはなかった。私たちは確信した。洪水は過去のことになったのだと。そうするとイシュタル神が戻ってきた。仲間で作った金銀細工を差し出すと、イシュタル神は喜んで着飾った。そして神々を寿ぎ、エンルリ神だけを謗《そし》った。イシュタル神は自分の作った人を、粘土細工に戻そうとしたことを非難したのだ。そこへエア神が助太刀をし、イシュタル神をかばう形でエンルリ神をさいど非難した。エンルリ神は降参し、あの世は神々のものであるが、この世は人が生活する場と確定した。私は証言者として、大御神アヌの助言者であるエンルリ神のお力によって不死者となったのだ。箱船にはそのような歴史がある。自分は不死であるのはそう証言をするためであるので、生憎だが他者を癒やす力はないのだ」

目まいと動悸でギルガメシュ王はたちくらみがした。なにかが内心で反乱を起こしているのである。老女が安楽椅子に座ってくつろぐように勧めた。

「いまシーブ・イッサヒル・アメルのお浸しができたの。一口いかが？」

返答できない。

苦悩と困窮と挑戦と長旅の果に、われはこの地でうち果てるのだ……。そう思うところに、別の意識と記憶が混線する。見ず知らぬ都市での生活。口の中に刺激がある。そうだ、人魚の干物で出汁をとってエリクサーを数滴垂らしたカレーライスを食べて……。


スズキ青年はビルディングの一室で目覚めた。どうやら病院のようである。真夜中の病院は物静かで、患者のうめき声や寝息さえも聞こえなかった。自分は食あたりになって担ぎ込まれたのだ……。しかし永い夢を見た。あれはいったいなんだったのか。

一室を抜け階段を登り、洗濯室を越えて屋上へ出た。清々しい空気を吸い込んだ。夢の内容は、はっきりと覚えている。王となって人民を率い、神々と対立して排除されるのだ。

証言者は言った。イシュタル神が人類を粘土から作ったが、エンルリ神と仲違いし洪水の憂き目を見ることになり、箱船は建設されることになった。エンルリ神も苛烈だが、袖にされたからといって疫病を流行させるイシュタル神も信用ができない存在ではないか。

　しかしスズキ青年は病院の屋上から箱船の夜景を眺望した。人があまりにも安易に、神々のゆりかごの中で安眠をしているさまを。エンルリ神やイシュタル神の仕打ちを、黙って受領しあまつさえ感謝の意さえ示してもいる。スズキ青年は身のうちにはっきりと神々へ虚無的な気分を抱いた。いまは気分の問題であるかもしれない。しかし形が定まり、言葉となって定着をすると一時の気分では済まない、自分にも社会にも害になり得る思想へと変貌するのではないか。神々への不信感と、そうした予感に絡め取られてスズキ青年は身悶えた。

　この箱船に、自分の居場所が見当たらない。自分を入れることがないのであれば、この世を破壊するまでである。夢が地上の秩序に信を置かせなくしたのだ。自分がそのような剣呑な考えになるとは、思ってても見ないことだ。

「悩んでいるようだね」

　とつぜん後ろから声をかけられた。

　友人だ。

「二人して食あたりになったんだ。先に僕が目覚め、救急車を呼んでここまで担ぎ込まれたんだよ」

スズキ青年は沈黙をした。彼はなにかを隠しているのだ。しかし友人がなにを話し出すのか、先からわかっている気になった。

「夢っていうのは不思議だね。むかしの記憶がデフォルメされて浮かんでくるばかりだけど、ときになにかの予兆となったり、神がかった宣告だったりする。しかしたいがい、淀みに浮かぶ泡沫《うたかた》ばかりだよ……」

二人は長いあいだ沈黙をした。

夜風が吹き抜け、箱船の夜景が朧に揺れた。

「僕にも任務があって、その泡沫ばかりの箱船でなにが起こっているのか、調査して報告をしなければならない。君には負担をかけている。しかし、もしこれから先をもう歩みたくないのであれば、いっそのことそこの柵を超えて飛び降りても構わないんだよ」

生を消尽するだけの人生。

物質的富も、精神的安定も勝ち取ることのできない生活。

ジリジリと焦り、待機して時間の過ぎてゆくだけの生き方。

しかし追い詰められたスズキ青年には、それさえも太平楽の贅沢に思えてならない。
神々への虚無感と箱船への焦慮によって、これから自分はなにを成せるのだろうか。
二人は闇の中で沈黙を続けた。
誰かの取り込み残した洗濯物が、音を立ててはためいた。沈黙は長く続いた。

〈了〉

〈著者紹介〉
葛西雄一郎（かさい ゆういちろう）
足立区生まれ　埼玉育ち　グラフィック系専門学校卒

参考文献

矢島文夫訳『ギルガメシュ叙事詩』（筑摩書房、1998年）

箱船《はこぶね》へいらっしゃい

2024年6月21日　第1刷発行

著　者　　葛西雄一郎
発行人　　久保田貴幸

発行元　　株式会社 幻冬舎メディアコンサルティング
〒151-0051　東京都渋谷区千駄ヶ谷4-9-7
電話　03-5411-6440（編集）

発売元　　株式会社 幻冬舎
〒151-0051　東京都渋谷区千駄ヶ谷4-9-7
電話　03-5411-6222（営業）

印刷・製本　中央精版印刷株式会社
装　丁　　弓田和則

検印廃止

ISBN 978-4-344-69122-3 C0093
幻冬舎メディアコンサルティングＨＰ
https://www.gentosha-mc.com/